Best Time

白 马 时 光

I'll always be part of your world

顾合一　著

你的世界总有一个我

百花洲文艺出版社
BAIHUAZHOU LITERATURE AND ART PRESS

图书在版编目（CIP）数据

你的世界总有一个我 / 顾合一著 . — 南昌 : 百花
洲文艺出版社 , 2017.10（2018.6 重印）
ISBN 978-7-5500-2453-3

Ⅰ . ①你… Ⅱ . ①顾… Ⅲ . ①故事—作品集—中国—
当代 Ⅳ . ① I247.81

中国版本图书馆 CIP 数据核字（2017）第 244539 号

你的世界总有一个我

NI DE SHIJIE ZONGYOU YI GE WO

顾合一 著

出 版 人	姚雪雪
出 品 人	李国靖
特约监制	何亚娟　燕　兮
责任编辑	余丽丽　辛蔚萍
特约策划	何亚娟
特约编辑	孙惠芳　柴鹤嘉
封面设计	好谢翔
版式设计	王雨晨
封面绘图	赵喻非
插画绘图	花生坚壳
出版发行	百花洲文艺出版社
社　　址	南昌市红谷滩世贸路 898 号博能中心 1 期 A 座 20 楼
邮　　编	330038
经　　销	全国新华书店
印　　刷	北京中科印刷有限公司
开　　本	880mm×1230mm　1/32
印　　张	8.5
字　　数	170 千字
版　　次	2017 年 10 月第 1 版
印　　次	2018 年 6 月第 2 次印刷
书　　号	ISBN 978-7-5500-2453-3
定　　价	36.00 元

赣版权登字　05-2017-400
发行电话　0791-86895108
网　　址　http://www.bhzwy.com
图书若有印装错误，影响阅读，可向承印厂联系调换。

顾知行

- 身高：183cm
- 性格：高冷闷骚，稳重豁达。
- 特长：冷场。
- 爱好：二次元动漫和冷笑话。
- 顾合一独家爆料：某励志要做海贼王的人，至今还不会游泳。

顾合一

- 身高：186cm
- 性格：心怀梦想，乐观坦率。
- 特长：弹吉他。
- 爱好：写作和烹饪。
- 顾知行独家爆料：家里唯一的噪音源是某人的吉他。

$$\sin \alpha = \frac{2tg\frac{\alpha}{2}}{1+tg^2\frac{\alpha}{2}}$$

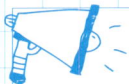

目　录
Contents

$$\sin\alpha = \frac{2\,tg\frac{\alpha}{2}}{1+tg^2\frac{\alpha}{2}}$$

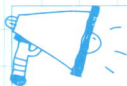

目　录
Contents

$$5\left(\frac{2n\pi x}{D}-c\right.$$

不是所有的俞倾豆都能遇上蚺子期，
也不是所有的预告一都有哥哥顾与行．

序：我是你青春的见证者

兄弟姐妹有时候如同手足，难分难舍；有时候又像旧衣，恨不得以旧换新，免得总是要来跟你抢东西，什么电视遥控器啦、零食啦，等等。

我弟弟比我小八岁，为人单纯开朗，就是有些二。好比小时候，我的大堂弟把仙人掌的一小撮刺开玩笑地扎到我掌心，我还没发火，小弟见了马上要给我报仇，跑去一把抓住了整片仙人掌要掰下来……结果仇还没报成，自己已哭得肝肠寸断。

我的爷爷奶奶重男轻女严重，经常买零食偷偷塞给我堂弟、我弟吃，我是没有份的，但我的弟弟却总是又偷偷塞给我。

有一次我问他："你不是经常跟我抢爸爸妈妈买来的好吃的吗？"

他摇头说："这不一样。"

不一样在哪里呢？当时小，我们也说不上来为什么。现在我懂了，那可能就是所谓的护短吧，即使那会儿他比我矮了不止一个头。

所以，当我看到这本书里顾知行和顾合一兄弟俩在嬉笑打闹中成长时，倍感亲切。

弟弟顾合一经常失眠，哥哥顾知行说："来，我给你一首歌你回去听，对你失眠很有效果。"他把耳机递给弟弟。

结果顾合一接过耳机一听："...in this section, you will hear 3 short passages..."

居然是英语四级听力材料⋯⋯

还有一次，顾合一在网上看到：据调查，公认最舒服的事情之一，是在一张超大的床上自由翻滚。

他把链接发给顾知行，说："我怎么没觉得这么翻来翻去会很舒服呢？"

顾知行看了看在床上翻滚的顾合一说："你没有滚床单的对象。"

顾合一再次无言以对。

顾合一多次想完美逆转，结果还是被哥哥强势镇压。

我看的时候直乐，因为我没想到外表看似高冷的顾合一居然和我家小弟一样蠢萌。

其实，我第一次见到顾知行和顾合一的时候，完全没想到他俩居然是双胞胎，两人除了又高又瘦这个共同点外，长得一点都不像。

顾知行的解释是："我弟弟是没长好就被生出来了，所以长得和我不像。"

他俩给我的第一印象是高冷，第二印象是可爱。

或许这哥俩是双子座的缘故，书里呈现了两个人的双重性格：哥哥顾知行看似高冷，实则腹黑毒舌；弟弟顾合一看似温暖，实则蠢萌逗比。

看这本书的时候，我绝大多数时候是嘴角上扬的，为两个人爆笑风趣的日常。

当我看到最后，我的内心充盈着满满的感动，为兄弟俩在彼此青春里陪伴着成长的点滴。

"你的世界总有一个我，我们从生命的最初就住在一起，住在妈妈温暖的子宫里。然后，我们出生，我们一起长大。"

"我们一起玩闹，一起欢笑，一起见证彼此的青春。"

生命里还有什么比陪伴着成长更美好动人呢？

未来的某一天，或许顾知行和顾合一两人都会成家，都会拥有各自的生活，可他们永远不会忘记两个人成长的美好点滴，而且可以对彼此骄傲地说一句："我是你青春的见证者！"

这本真实、有趣、诚意满满的书，推荐给你，希望你也喜欢。

你一定是特别专一你哥

　　小时候，总是有陌生人问我："你和你哥为什么长得不一样？"

　　那时候我懵懂无知，被陌生人问话还会害羞，带着点莫名的尴尬，不知所云。

　　其实我不知道该怎么回答这个问题，陌生人又去问我哥，我哥表示拒绝回答这个问题。

　　至于为什么说"我哥拒绝回答这个问题"，是因为我哥在我不在的时候，他会一本正经地告诉陌生人："我弟弟是没长好就被生出来了，所以长得和我不像。"

　　这件事后来被我知道了，我很生气地问他："为什么你说是我没长好，而不是你没长好！"

　　他回答："因为我是哥哥，你是弟弟，我成长的时间肯定比你长。"

　　"……"

年少无知的我当时真的就无言以对了。

我和我哥上大学之前都是住在一个房间里。

那时候房间的摆设很简单，所有的东西都是成双成对、一模一样的。

两张单人小床，两张桌子，两把椅子，两盏台灯。

后来因为房间的原因，爸妈把两张小床并排放在了一起，凑成了一张超大的双人床。

当时我碰巧在网上看到一则娱乐新闻：据调查，公认最舒服的事情之一，是在一张超大的床上自由翻滚。

我把链接发给我哥，说："我怎么没觉得这么翻来翻去会很舒服呢？"

我哥看了看在床上翻滚的我说："你没有滚床单的对象。"

"……"

我一直认为我爸是一个活在梦里的人。

有一次洗澡，我从浴室出来后随便找了件 T 恤衫套在身上。

我当时没注意，不小心把 T 恤衫穿反了。

我哥在厨房吃西瓜，看到我 T 恤衫穿反了，就边啃西瓜边指着我喊："反了！反了！反了！"

我没明白什么意思。

却不料在客厅看球、恹恹欲睡的父亲大人忽然精神焕发，一拍旁边的茶几，大声说："谁敢反？拖出去斩了！"

"……"

开始在微博上写段子那会儿，粉丝们都说我逗比，说我哥高冷。

后来我在家族的微信群里分享我写的段子。

家里纷纷对我表示鼓励，让我继续加油。

然后我在群里问了一句："我如何才能变得像我哥一样高冷？"

我哥没回复。

我爸回复了一句："站在冰箱上。"

真是又高又冷……

我妈是一家之主，她一直认为我哥是她的左膀右臂，而我则是给她拖后腿的……

有一次，我妈做饭的时候顺手炒了个花生米。

我哥正吃得高兴，忽然被一个花生米噎着了。

我妈赶紧起身去给我哥拿水。

当时我在边吃饭边看手机，我妈看到说了我一句："别看手机了，赶紧给你哥拍一下！"

因为有点没反应过来，我点头"嗯"了一下，然后打开手机摄像头给我哥拍了一张囧照。

我妈和我哥纷纷感叹说："要你何用？"

"呃……"

读大学时，我开始尝试独立自主的生活，经常写一些文章赚点稿费。

白天宿舍很乱，加上我又在学生会里，杂事很多，所以常常晚上写稿子。

我本身经常失眠，久而久之地就成了夜猫子。

有一次放假回家，我半夜又失眠，睡不着也不知道做什么，数绵羊什么的对我来说没有用，于是我忽然想到可以偷偷去恶搞一下我哥。

蹑手蹑脚地来到我哥的房间，发现我哥也没睡着。

我小声地问："你怎么还没睡？"

我哥小声地回答："我在看电影，有什么事吗？"

"没事，我以为你睡着了，想叫你起床上厕所。"

"……"我哥沉默了一下，"你是不是又失眠了？"

"嗯。"

"来，给你一首歌你回去听，对你失眠很有效果。"我哥说完把耳机递给我。

我接过耳机，听到："…in this section, you will hear 3 short passages…"

……

英语四级听力材料……

虽然平日里和我哥一言不合就会拌嘴吵闹，但一分开上大学后，却又变得十分怀念，所以经常会跟身边的同学、朋友说我和我哥之间的事。

大三那年，我通过自己的坚持和奋斗，成了我们学校的学生会主席。

在担任主席的时间里，我经常和他们分享自己家庭里的快乐，希望通过这样的方式缓解大家的压力，也希望可以借此提醒大家空余时间多与家里联系。

有一次在办公室归档资料，一个小师妹问我："师哥，你为什么没有女朋友呢？"

我说："琐事太多了，所以一直都是单身狗。"

"师哥你不是双子座的吗？"

"嗯，是双子座。"

"都说你们双子座是花心大萝卜，感觉师哥你应该有好几个女朋友才对呀！"

我为双子座洗白："谁说的，双子座可都是特别专一的！"

"原来是这样，你一定是特别专一你哥。"

"这个……真没有……"

小师妹没等我说完就打断我："不然师哥你说，你为什么总是跟我们讲你哥的事情？"

"……"

原来这是在套路我……

大学隔壁宿舍的师哥比我大两届，我刚入学的那会儿，他一直很照顾我。

他毕业的时候，我帮他收拾行李，送他到校门口，他说："合一，以后咱们常联系，我这赤裸裸地来，赤裸裸地去，也没有什么东西能留下，不过我这里还有一张咱们学校附近的健身卡，剩了一年多的时间，就送给你吧。"

自古多情伤离别，我点头答应着，目送师哥离校。

当天晚上和我哥聊天，我说："今天送学长学姐们毕业，师哥留给我一样好东西。"

我哥问："什么东西？"

我说："我们学校附近一年的健身卡，怎么样？是不是很棒！"

我哥说："你没听说过世界上最没用的东西之一就是健身房的会员卡吗？"

"什么意思？"

我哥不回答反问我："你见你师哥去过一次健身房吗？"

"没有……"

我哥说："所以说健身卡这东西，就是不存在的。"

"哦……"

假期在家上网，无聊看各种头条，其中有一条：那些年活在我们心里的 AV 女优。

我点开一看，都是些耳熟能详的名字，像小泽玛利亚、苍井空、麻生希什么的，全都已经退役了。

我哥看到问我："你在做什么？"

我说："我在看大学时光。"

我哥说："你的大学时光可真精彩。"

我一笑："哪个男生宿舍没有一个带着飞的老司机？"

我哥："这句话说得有道理。"

我又说："不过想想这些退役的女优，现在都已经老了吧？"

我哥："肯定呀，毕竟都被操碎了心。"

原来这才是真正地操碎了心……

现在想起来，高中毕业后老同学聚会，饭后讨论起我和我哥的性格，最后他们居然达成一致的观点："你们俩性格多样，看似不同其实还是有相似的地方，只是你们自己没有发现。"

当时我和我哥很好奇，让他们给我俩举例子。

同学甲说："在选择上，你们是很相似的。"

同学乙说："对呀！比如你们两人就算不一起吃饭，也会在那么大的食堂买一样的菜。"

同学丙说："还有，你们处理事情的观念原则也很相同。比如你们其中一个认为不可以的事情，再问另一个，得到的答案也是否定。"

同学丁说："你俩有一段时间的 QQ 签名都是一样的闷骚，后来又都变得臭不要脸……"

同学戊说："讲真，你们两个平日的不良嗜好也十分相同……"

……

他们说了好多，很多我也记不住了，但是他们总结："还是你们两个好，能从小一起长大有个伴儿。"

嗯，能从小一起长大，真的很好。

谁说双胞胎要一模一样

我有一个哥，据说他是和我同一天来到这个世界的。

而且还是我妈亲生的。

所以科学地讲，我们俩这叫双胞胎。

但是别人家的双胞胎，陌生人见到了会充满惊讶地感叹："哇！他们两个长得好像哦！"

而我们家的双胞胎，因为相似度近乎为零，总是被质疑："你俩真的是双胞胎？"

这个问题用我哥的解释是——我没有长好就来到了这个世上，难免会丑点。

虽然这个解释让年少无知的我无言以对，但我机智地发现，我可以在他解释的时候先下手为强。

当陌生人再问我俩："你俩真的是双胞胎吗？怎么看上去长得

一点都不像呢？"

我会先发制人，不管我哥什么态度，直接就说："他是我妈买菜时送的！"

我哥先是一脸蒙，然后就地反击："他是倒垃圾时捡的！"

"你是买菜送的！"

"你是倒垃圾捡的！"

"买菜送的！"

"倒垃圾捡的！"

路人："……"

三人成虎，问的人多了，就连我们自己也开始好奇为什么我们会长得不像了。

终于，在很长一段时间里，我和我哥达成了共识：我们两个其实根本不是双胞胎！

接着，我们鼓起勇气向爸妈说出了我们的观点，并提出了一个严肃的问题：我们俩到底谁是捡回来的？

结果，爸妈联手来了一次严肃认真的思想教育课。

自那之后，为避免诸如此类的问题再次发生，爸妈也亮出了他们的撒手锏——把我和我哥的所有东西都变成了一模一样的。

帽子、衣服、裤子、袜子、鞋子、书包、文具，甚至内裤都是一样的。

在我们搭配了完全相同的装备之后，总算默认我们是双胞胎的事实了。

但吃穿衣食住行变得一模一样的结果就是："怎么分辨自己的东西？"

陌生人永远自带十万个为什么，每当他们这么问，我哥就又开始故作正经地说了："我会把我的东西整理收拾好，偷偷做一个只有自己能分辨的小记号，每天都会通过记号来分辨属于自己的东西。"

听他这么说，我是一脸鄙视地看着他，他根本就是摸着哪件穿哪件，才没有什么记号。

尤其是冬天，小时候我俩是一起洗澡的，洗完澡冻成狗，出了浴室拿到衣服二话不说先穿上。

还有内裤，那么小的三角裤衩！你做个记号我看看！

随着我们成长，我们长相的差别变得越来越大。

不过可喜可贺的是，我们还是找到了两个人相似的地方——又瘦又高。

身高的优势让我们永远霸占教室最后一排的宝座，成了体育课队伍的领头羊。

天然瘦的体型让我们看起来特别纤细，在学校里我们是长腿欧巴，回家后在长辈嘴里却被形容成"瘦得皮包着骨头"。

我妈带我们出去，那些自带十万个为什么的陌生人又问了："你妈是不是舍不得给你吃饭呀？要是你妈舍不得你们吃，跟我说，我带你们去吃大餐！"

我妈在一旁特别郁闷，还百口莫辩。

犹记得那段时光，我们的一日三餐特别丰盛！

顿顿三菜一汤，天天鱼虾排骨，每次吃饱了不让走，还要被逼着再吃半碗米饭，撑得弯不下腰。一段时间下来，虽然我俩丝毫不见长肉，但老爸偷偷地胖了十几斤。

郁闷的老爸天天去健身房减肥。

到了高中，生物学胚胎一课出现了一个名词叫"异卵双生"，它终于科学地解释了我们俩为什么长得不像。

我清楚地记得我们生物老师在讲这个知识点的时候，坐在讲台边上看着自己的教案，头也不抬地说："异卵双生，这个知识点很好理解！实在理解不了的，对比一下咱们班的顾合一和 13 班的顾知行，这就是标准的异卵双生，长得一点都不像！"

我当时上课有点跑神，听到自己名字噌一下站起来，看到同学们齐刷刷的目光，顿时一脸尴尬。

但是学完这个知识点没几天，我发现我和我哥出名了。

一打听才知道，这生物老师不仅在我们班里这么讲，在别的班级里也讲："下课去看看 11 班的顾合一和 13 班的顾知行，就知道什么是异卵双生了！"

OMG（我的天哪）！那段时间我们俩的教室一下课就门庭若市，经常看到有人窃窃私语地打听我俩的消息，逛动物园看猴子也不过如此了！

因为我比我哥从娘胎里晚出来一步，就注定了我是弟弟，他是哥哥。

记事之后，我懂得了"哥哥比弟弟大"的这个关系原则，也就是从那时开始，尝试改变我们哥和弟称谓的问题被我列为活在当时的唯一己任。

为了这个唯一己任，我正襟危坐地和正在四仰八叉看电视的哥哥商谈，虽然还奶声奶气的，但活在自己世界里的我根本意识不到，只知道我很认真地说："既然咱俩是同时出生的，就说明咱俩是一样大的，所以我不能总喊你哥哥。为了公平起见，我们两个应该轮流来当哥哥，一人一天——今天我叫你哥哥，你叫我弟弟；明天就得你叫我哥哥，我叫你弟弟。"

很明显我哥那个时候还没有"智障"这个概念，而且他也活在"自己是哥哥"的世界里欲罢不能，当场就拒绝了，不给我任何理由，坚决不同意，继续看电视。

然后我就去找我家最高领导人——我妈来解决这件事情。当我一本正经地去找我妈的时候，我妈正在做午饭，我费了好大劲才把我想表达的说明白，我妈大约停下了手上的工作两秒钟，跟我说："当弟弟也挺好的，所有的事情哥哥都得让着弟弟。"

我很不满意这个回复，但我知道我已经不可能通过母亲来完成我的唯一己任了，所以我决定另辟蹊径——

我们俩有一个不成文的规定：两人之间会有各种奇奇怪怪的鸡毛蒜皮的事情需要对方来帮助，如果要请对方帮忙，需要拿一个等价的东西或者条件来交换。

所以，在后来很长一段时间里，每当我哥有事请我帮忙的时候，我都会提出"让我来当一天哥哥"的条件同他交换，他每次都会果断拒绝，然后另请高明。

至于我每当有事求我哥帮忙的时候，他都会用"下次我找你帮忙的时候，不准你再用'当一天哥哥'的条件"来交换，他每次都表达得特别吃力，但我能明白。我虽然每次都同意，但是我会默默地记着，他下下次找我帮忙的时候，我依旧可以用"让我当一天哥哥"的条件交换。

这场战争持续了很久。

直到有一天，我哥有件事情找我帮忙，我坚决不同意，我哥无奈之下主动提出事成之后让我当一天哥哥。

现在我已经忘记了我哥找我帮忙的是什么事情，但我依旧能回忆起当时的激动，一整天都沉浸在明天我就可以当哥哥的喜悦之中。

第二天早上我一醒来，没睡醒说："哥哥，把衣服递给我。"说完之后忽然想到，我应该喊他弟弟的，下次。

中午吃饭的时候，我肚子很饿，很着急地说："哥哥，快快快，还没拿筷子。"说完之后忽然想到，我应该喊他弟弟的，下次一定。

晚上睡觉的时候，我很困地说："哥哥，快关灯吧。"说完之后又忽然想到，我应该喊他弟弟的，但是今天好像没有下次了……

从那之后我就放弃了我的唯一己任，感觉称谓改口真的好别扭啊，反应不过来，就算我好不容易反应过来叫他弟弟了，他也反应不过来答应。

而且，当了一天伪哥哥，我体会到了：哥哥比弟弟大怎么了？心情不好不搭理你了照样也没什么用。

让人崩溃的自然卷

托母亲大人的福，我和我哥基因遗传，有着不同程度的自然卷属性加成。

我哥是大卷，呈波浪型，打理起来弯曲有度，是所谓"别有一番风味在头顶"。

我自己是小卷，呈四散型，放荡不羁，等离子烫刚流行那会儿我严重怀疑这是一门灵感来自于我的技术。

初中的时候，受拉芳广告影响，我和我哥开始羡慕头发是黑长直的人。

为了让我们的头发显得直一点，我俩尝试过各种方法，什么直板夹、夹发器、润发露、啫喱水、摩丝、护发素全都用过，可惜外力终究改变不了本质，最后不了了之。

神奇的老爸看到我们俩的举动后，突发灵感，搞起了副业，利用业余时间招兵买马，开了一家名叫"知行合一"的理发店。

但意想不到的是，老爸逢人就说这个理发店是他两个儿子的宝贵结晶。

更可怕的是，老爸的这个理发店除了正常业务，一直致力于向广大顾客推荐各式各样的烫发工艺，不仅隔三岔五地打烫发优惠的小广告，还"教唆"员工向顾客推荐烫发。

母亲大人问老爸为什么这么做。

老爸解释说他只是试图让更多人变弯。

现在细思极恐，那时候在大家还没有"弯"这个概念的时候，老爸就已经走在了让大家变弯的路上。

天天打理自己头发那会儿，经常照镜子，形成了条件反射。

那段时间几乎是看到反光的东西就想凑上去，理一理头发，臭美一下。

有一次我们俩骑自行车出去，骑到路口等红绿灯，边上有一辆SUV的车玻璃是黑色镀膜的，可以完整地映射出自己的影子。

于是我就照着车玻璃开始理顺自己的头发，刚理了一下，车玻璃就摇了下来，一个大叔戴着黑色的墨镜，虽然看不到他的眼睛，但我能觉得他正直勾勾地看着我……

我尴尬地向他摇了摇手，指了指红绿灯示意他绿灯了。

大叔扭过头一踩油门走了。

剩下一个继续尴尬的我和一个笑抽了筋的我哥。

我们俩读的是重点高中，学校明文规定得特别严格，其中有一条就是不准染发，不准烫发，不准留披肩发。

学校对于违反规定的学生，不通知，不解释，直接抓到小黑屋，一批二骂三检查。

刚上高一的时候，有一次晚自习，我正在认认真真地做课后作业，一个人影忽然站到我前面，看了一眼我的学生证，就一把把我揪起来，严肃地说："你！给我出去！"

然后我就一脸蒙地被带到了小黑屋，进去一看里面已经站着不少同学，其中我哥也在。

我移动到我哥边上偷偷地问："你怎么了？"

我哥哥摊了一下手："我不知道啊，你呢？"

我摇了摇头："我也不知道。"

"……"

"咱们要不去问一问？"我继续偷偷地问。

"也可以。"

在其他同学惊讶的目光下，我俩推开了小黑屋的门。守在门口的老师看见我俩出来，怒气冲冲地问："你俩干什么？"

我被一嗓子吼得底气全无，小声地说："……我们……"

我哥掷地有声地接上我的话："老师，我们想问一下我们为什么被罚站。"

"居然还不知道自己犯了什么错！学校条例规定你看过吗？"

"看过。"我哥依然掷地有声地回答。

"看过？"老师反问，"那你说说！你这头发怎么回事？"

"我们这是自然卷，我们两个是双胞胎。"我哥继续说。

那老师仔细看了看我们，沉默了一会儿，说："回去吧，小点动静。"

还没等他说完，我俩就一溜烟跑了。

事后我夸我哥："想不到你这么稳重。"

我哥会心一笑："早就料到你有贼心没贼胆，这么多年哥哥我也不是白当的。"

高一的同桌是一个短发的小姑娘，很活泼机灵，我一直叫她"蘑菇头"。

和她同桌的第一天，她就神神秘秘地递给我一张纸条："我可不可以问你一个问题呀？"

我回复她："可以的。"

"我想问一下，你的头发怎么了？"

"自然卷而已。"

"你确定不是触电烧焦了？"

"……"

至于叫她"蘑菇头"，是因为我对这事一直耿耿于怀。

直到有一天，她说自己头发太长了，想趁中午休息的时间去理一下发。

在我的推荐下，我和我哥把她带到了老爸的理发店。

刚巧老爸不在，我就在理发师旁边左指挥右比画，把她的发型修成了蘑菇头。

她正要气急败坏的时候，一直在一旁看书的我哥忽然说了句："行吧，你们俩一个蘑菇头，一个泡面头，强行凑一桌蘑菇泡面，还是很和谐的。"

我和同桌："……"

因为老爸逢人就说理发店的由来，导致我们一部分同学也知道了我和我哥有一个结晶这个梗。

也就是那个时候，网络词汇开始疯狂地进入大家的生活，"弯"这个字有了与本质天壤之别的寓意。

细数一下，感觉想掰弯我的人，现在已经可以组成一个方阵。

我的蘑菇头同桌自然是最唯恐天下不乱的。

"顾合一，可不可以问一下你和你哥是什么时候在一起的？"

"我们从小就在一起啊，怎么会忽然问这个？"

"那你和你哥在一起幸福吗？"蘑菇头继续问。

"幸福？我怎么觉得你形容词用得不对？"

"请你描述一下你和你哥的感情。"蘑菇头不甘心地又问。

"你到底要问我什么？"我感觉自己一头黑人问号。

"请直接回答我的问题！"

"呃，恨铁不成钢吧……"

"为什么是恨铁不成钢，那不是父母对孩子的期望吗？"她严肃地问。

"我哥成钢了，我就可以混吃等死了呀……"

"……"蘑菇头委屈着沉默了。

"你……你怎么了？"我感觉自己像在负荆请罪。

"你头发那么弯，人怎么就一点都不弯呢？"蘑菇头叹气地说。

"……"

这两者有什么关系吗？

我们的体育课一般都是在下午。

有一次体育课的时候，天边正好火烧云，夕阳扑朔，煞是好看，穿透云层的余光给操场镀上一层金色，好多趁体育课放松心情、在操场溜达的同学都抬起头来享受这片刻的安宁。

我站在主席台上，闭着双眼，张开双手，45度角仰望天空，感受着大自然的美丽。

忽然听到主席台下传来蘑菇头的声音："顾合一，你的头发被今天的阳光一照，好像一包稻草哎！"

"……"

说完她还跑上主席台摸了摸我的头发，说："果然是稻草一包。"

"……"

交友不慎，大煞风景。

后来在我们大二那年，于全家人的期盼下，"知行合一"理发店关门大吉了。

关门那天老爸拍照纪念，发在了家族微信群里，分享给远在他乡上大学的我们。

我哥回复："老爸不要伤心，虽然你只是业余时间经营，但坚持了这么多年，你已经很厉害了！"

我回复："咦？不是应该开瓶香槟庆祝一下吗？"

我哥："客套的话还是要说的，毕竟咱爸掰弯了那么多人，为社会人口总数的控制做出了杰出的贡献。"

老爸："什么意思？"

我："呃……我哥是在从政治学角度赞美你的创业精神，毕竟解决了社会就业压力……"

老爸："也没有这么伟大，不过以后有机会，我觉得还是有必要把你们的结晶重新开张营业啊……"

我哥："不用了，爸。"

我也赶紧回复："老爸，我们现在也不小了，这事以后还是我们自己努力吧。"

老爸："也是，你们长大了，也有出息了，那就等你们毕业了自己来吧，不过毕竟是你们的结晶，我还是很心疼的。"

我："遵命……"

我哥："好……"

对了，关于自然卷，在我们那里，老人们说：自然卷的人，天生有福。

　　小时候以为这是老人安慰我们的话，不以为然，直到大学生活以后，才觉得这句话真的很有道理。

　　有一次放假回家，我问我哥："你还记得自然卷有福这句话吗？"

　　我哥："记得，怎么了？"

　　我："其实现在想想，你不觉得咱们俩能从小一起长大，互相陪伴玩耍，就是天生的福吗？"

　　我哥想也不想："不觉得。"

　　我："……"

　　好吧，反正我天生有福。

谁比较帅

因为我和我哥长得一点都不像，所以我们就避免不了回答一个问题："你们两个，谁比较帅？"

对于这个问题，我哥一直觉得有待考究，但在我看来，考究什么呀，帅的人当然是我。不过这话我一直没有坦白跟我哥说，毕竟他是哥哥，当弟弟的给他留点面子还是应该的。

但是偶尔也会碰到眼瞎的。

比如我大学毕业前碰到几个大一的学妹，非要看我哥的照片。

给她们看了之后，她们对着我哥的照片垂涎三尺地说："合一师哥，你哥好帅啊！"

你们说这是不是眼瞎，更帅的人站在眼前你们不看，冲着个照片犯花痴。

当时我心里想着，你们要是敢说"你哥比你帅多了"，我今天就跟你们没完！

结果她们幽幽地说了一句："嗯！合一师哥，你哥比你帅多了！"

……

我心里想什么都写在脸上吗？

当然，谁没有看走眼的时候，人生在世，偶尔犯一点小错误还是可以原谅的。

比如还是这几个小学妹，在那儿一脸花痴地看我哥的照片，我翻着白眼、一声不吭地心里琢磨着如何跟她们没完的时候，她们就醒悟了，赶紧说："其实吧，我觉得还是我合一师哥最帅。"

然后再戳戳旁边的学妹。

旁边的学妹抬头的一瞬间恍然大悟："就是呀！合一师哥，你比你哥帅多了！"

这才是现实嘛！我很受用。

大多数时候，碰到的是中立派。

其中有一个很瘦小的姑娘，她总是习惯穿带裙摆的衣服，远远看上去就像一个倒立的胡萝卜，因此我给她起了一个外号叫"胡萝卜"。

第一次给她看我们两个的照片的时候，她端详着我们的照片很久，感叹地说："你们两个真的很不像哎，不过都挺帅的。"

听了这句话，我在旁边默默地点头，心里想着："嗯，小姑娘你很会说话。"

其实没有必要非要争个高低丑帅，毕竟外表都是皮囊，反正只要不是说我丑，我都能接受！

然后胡萝卜又说："师哥，看在你自恋的份儿上，我夸夸你吧。"

什么？你说我自恋，拖出去乱棍打死信不信？

心里这么想着，嘴上还是很不由衷地说："好呀，你说吧。"

胡萝卜幽幽地说："你哥的帅吧，是帅得清新俊秀的那种。"

"嗯。"我点点头问，"那我呢？"

"你的帅吧，是帅得一言难尽的那种。"

"呃……"

这是在夸我吗？但总觉得哪里不对！

后来胡萝卜同学改变了她的观点，一口一个："你肯定比你哥帅多了！"

具体原因呢，是胡萝卜同学觉得在学校闲来无聊，学会了美甲，还在学校的小路边支了一个摊位，像模像样地做起了小买卖，而且提供预约服务。

胡萝卜说，她也不是冲着赚钱来的，就是为了借这个机会多认识几个人。

但没想到光顾最频繁的是我，每次路过她的小摊，都在那儿和她瞎聊一阵，但我不需要美甲，所以对她的事业提供不了什么帮助。

于是胡萝卜同学问我："你说怎么才能让大家关注我，来找我做美甲？"

我刚要回答，我哥打电话找我。

接起电话，我哥就说："老弟，在做什么呢？"

我如实回答："胡萝卜同学支了个摊位，在研究怎么才能让大家来找她做美甲。"

我哥电话那边一笑，说："这简单。"

我说："说来听听。"

我哥说："把自己指甲画上二维码，逢人伸手说：'小女子美甲店开业，扫个码关照一下吧。'"

我把我哥的方式转达给胡萝卜。

胡萝卜同学："……"

从此胡萝卜对我哥的好感全无，再问她："你觉得我和我哥谁帅？"

没见过我哥的胡萝卜同学说："当然是你帅。"

嗯，很棒！

五四青年节的时候，看到一条新闻说：联合国对青年的定义是十五到二十四周岁的人。

我掐指一算，宝宝还是青年！

于是给我哥发微信说："哥，我还是青年，我还是一枚帅小伙儿，我五四青年节要放半天假！"

我哥没一会儿回复我："下个月你才应该放假。"

我问："什么意思？"

我哥："六一儿童节更适合你。"

"……"

大一那年我哥跟我说他们学校要举办春季运动会。

我第一反应是像我哥这种宅男，在体育竞技方面肯定没什么天赋，所以运动会这样的活动他应该是不会参加的。

谁知道他第二天跑来跟我嘚瑟说："这届春季运动会，我报名了！"

我惊呆，反问："你还敢报名？"

我哥："像我这么霸气侧漏的帅小伙儿，大家都是举荐我参加集体活动的！"

不要脸，我又问他："都有什么项目？"

我哥说："100 米、200 米、400 米、800 米和 1500 米，跳高跳远铅球标枪和三级跳，还有铁人三项和接力跑。"

没有一样是我哥的强项。

我说："运动运动有益健康，炮灰选手重在参与，不必太在意成绩。"

我哥："不存在的，我报的是裁判，已经通过了。"

"……"

手机里的照片太多，导致内存不足，于是把手机里的照片导入电脑里准备处理一下。

看到一张把自己拍糊了的照片，直接拖进了回收站。

我哥刚巧看到了，说："哟，嫌弃自己太丑，都把自己扔回收站了？"

我无语，想了一下，虽然拍糊了，但是摆拍动作还不错，又从回收站把照片还原了。

我哥又说了："嗯哼，又觉得自己帅了？"

不想搭理他但又忍不下这口气时，看到一张我哥的正面照。

打开 PS，导入这张照片，裁剪、覆盖、调色、粘贴……仅会的那点 PS 技术全给我哥这张照片用上了。

我哥在一旁看着："……"

小时候，大家都说我哥谦虚，懂得谦让，其实我没有这么觉得。

比如小时候会有奇怪的叔叔阿姨调戏我们，问我们："你们两个自己觉得谁可爱呀？"

好吧，那时候我们还小，谈不上帅气，但就可爱而言，我觉得我也是略胜我哥一筹的。

我哥会说："我弟弟比较可爱。"

这是事实。

叔叔阿姨会笑着捏捏我哥的脸蛋，说："你真谦虚。"

然后再问我："那你觉得谁比较可爱呢？"

爱美之心人皆有之，但臭美之心我应该不是打小就有的，所以还是很腼腆地说了一句："其实……我哥也很可爱的。"

阿姨也捏捏我的脸蛋，说："咦，脸都红了，真的好可爱呀。"

可能那时候我心里就住着一位美男子吧，所以感觉美滋滋的。

我哥不以为然，说："是呀，我弟弟就是比我可爱，毕竟他除了可爱呀，就没有什么别的优点了。"

"……"

谁比较聪明

　　我和我哥之间，除了之前缠绕我们的那个"谁比较帅"的问题之外，还有一个"谁比较聪明"的问题。

　　这个问题从小伴随我们长大，直到今天，还会有人问起。

　　在我们这么多年的较量里，我不知道我哥是怎么想的，但从胜负未分的结果来看，我们两个的智商应该是在伯仲之间的，用我爸的话讲就是："有你们老爸在这儿，自然不会太差。"

　　老爸说这话时还要拍拍自己的胸脯，说真的，我没理解这个动作的含义是什么。

　　小时候，被自带十万个为什么的陌生人问起的时候，成绩往往是最直接的比较。

　　比如，自带十万个为什么的陌生人问："嘿，两个小朋友，你们谁比较聪明呢？"

其实我很讨厌回答这种问题，但还是要一本正经地用学习成绩证明自己说："我数学已经考了好几次满分了，老师一直夸我聪明。"

我哥不甘示弱："你到现在连二十六个英语字母都背不下来，老师都说要请家长了！"

我不服："谁说我背不下来的？"

我哥："那你背！"

我有点心虚，但也很逞强，掰着指头就开始背："A、B、C、D、E……呃……d、t、n、l、an、en、in、un。"

自带十万个为什么的陌生人："……"

我挠挠头："哎呀，怎么觉得好像哪里不对？"

我哥大笑。

我恼羞成怒，说："哼，笑什么笑！我问你，141 加 109 是多少？"

我哥也掰着指头，但数不过来……

自带十万个为什么的陌生人皱了下眉头，轻声反问："250？"

我哥一拍手："对！250，我早就算出来了，是 250！"

自带十万个为什么的陌生人："……"

小学的时候，课程少，科目也少，考试只有数学和语文两科，语文翻来覆去除了写生字就是念课文，那么谁比较聪明这个问题的答案，就落在了数学成绩的好坏上。

那时候我一直在奥数班，感觉自己的智商能甩我哥几条街，每每被问及"谁比较聪明",我回答得那是一个"目中无哥"。

爸妈让我多帮助我哥,还托付老师把我们安排成前后桌,好互相照应。

那是我俩唯一一段能前后桌挨着的时间,却把精力全用在了调皮捣蛋上。

我身高自小碾压我哥 3 公分,坐在我哥身后,上课有事没事在后面戳戳他。

有次数学课,戳了他两下,我哥正要反抗,却被老师点起来:"顾知行,你来回答一下这道应用题。"

这是一个一边注水、一边放水的疯狂泳池管理员的问题。

我哥不知道该怎么回答,我在后面小声提示:"答。"

我哥听到,跟着念:"答。"

我继续:"注水每小时 5 升,排水每小时 3 升,30 升的泳池,由 30/(5-3)=15 得,泳池 15 小时后注满水。"

我哥自信满满,声音洪亮地回答:"注水每小时 5 升,排水每小时 3 升,30 升的泳池,由 30/(5-3)=15 得,泳池 15 小时后注满水。"

老师点点头:"嗯,不错,说得很好,注意在下面别做小动作,坐下吧。"

我哥坐下,我沾沾自喜,脸上笑出了花。

老师忽然训斥我:"顾合一,你笑什么笑!看看你哥多聪明,进步多大!你就知道整天瞎乐呵,上次那套奥数题做完了吗!回头我给你看看，错一道抄十遍！"

我："……"

我哥也笑了，还很开心地笑出了声，老师更生气了，就把我俩一起撵出去罚站……

初中的时候，围绕谁比较聪明的问题我们玩过一些小游戏。

最典型的比如成语接龙。

这虽然不是我的强项，但那时候我常常写点小故事、小作文什么的，虽然写得一般，但是长久地积累，和我哥玩个成语接龙还是游刃有余的。

我哥："卧薪尝胆。"

我："胆小如鼠。"

"鼠目寸光。"

"光明正大。"

"大吃大喝。"

我问："这是成语？"

我哥："你管那么多，赶紧接！"

我以其人之道还治其人之身，接："喝西北风。"

我哥白我一眼："风驰云卷。"

我也恢复正经："卷土重来。"

我哥："来者不善。"

我："善者不来。"

"来者不善。"

"善者不来。"

"来者不善。"

"善者不来。"

"……"

我："好吧，这次就再算平手吧。"

我哥："嗯，大快人心，又是一次不分伯仲的较量！"

"……"

高中之后，我和我哥偏科分化。文理分科之后，"谁比较聪明"这个问题用成绩比较已经完全没有意义了。

小时候自带十万个为什么的陌生人都知道我们长大了，也不再逗我们。

但我们的个别同学却不识时务，嗑着瓜子聊人生，再多嘴问一句这个问题。

就比如我们的一个好哥们儿，他经常丢三落四，我们习惯叫他"大哈"。刚认识这个大哈同学的时候，他总喜欢嗑着瓜子问这问那，一次他问："哎，一直想问你俩，你们两个谁比较聪明呢？"

无聊不无聊！

扫兴不扫兴！

我哥先白了他一眼，然后给我一个眼神，我俩开启早就商量好的忽悠模式。

我说："我们一直在讨论一道题，你有没有兴趣听一下，说不定你比我俩聪明。"

大哈谦虚："肯定比不上你俩，不过你可以说说看。"

我问："那个大哈，你觉得任意大于 2 的偶数都可写成两个质数之和吗？"

大哈说："应该可以吧？没做过这类题的证明，但我觉得应该挺好证明的，8=3+5，12=5+7，这不都是证明？"

我看他一副沾沾自喜的样子，又问："大哈，你觉得当整数 n>2 时，关于 x、y、z 的方程 $x^n + y^n = z^n$ 的解是不是正整数？"

大哈自己在那儿嘀咕了一会儿，说："这个怎么解？有纸笔吗，我打打草稿。"

我哥接话："算了，别听我弟弟说哥德巴赫猜想和费马猜想了，更何况费马猜想已经被证明了，我这儿也有个问题。"

大哈蒙了："什么什么猜想？"

我哥没理他继续问："你觉得任何一张地图用四种颜色能使具有共同边界的国家着上不同颜色吗？"

大哈不明觉厉："什么？地理吗？这个我不在行，我和顾合一一样是理科生。"

我哥："四色猜想虽然涉及地图，但其实是几何问题。"

大哈低头思考着，但看样子是没想明白，掏出了他的山寨手机百度起来。

沉默片刻，他突然抬头说："我去！四色猜想、哥德巴赫猜想和费马猜想是世界三大数学猜想，你俩讨论这个，逗我的吧？"

我："所以，你觉得谁比较聪明？嗯？"

大哈："行行行，我比较不聪明。"

我哥："嗯，识时务者为俊杰！"

大哈："……"

不过有时候，大哈也会变得异常机灵。

大哈有个女朋友。当年他追人家的时候，按字数出稿费让我帮他写封情书，我一听有钱赚，洋洋洒洒帮他写了封四五千字的情书，后来没给我几块钱，却和他女朋友你侬我侬地在一起快五年了。

刚开始的时候，他带着女朋友，我带着哥，四个人在外面逛吃逛吃。

晚上回家晚点，大哈的女朋友说了："这么晚了，我怕走夜路。"

大哈指指我和我哥说："没事，有他们两个呢。"

我很无语，心里忍不住吐槽：你一个做男朋友的不好好护着你女朋友，还指望我们两个，难道出来什么妖魔鬼怪我们兄弟还得打头阵帮你降妖？这样都能有女朋友，上辈子修了多少福？

但是碍于这对小情侣还在热恋中，我不好意思拆台，也就没说话。

谁知人家姑娘问出来我的心声："为什么这么说？"

大哈说："咱俩秀秀恩爱，他俩就亮了，还是一对双胞胎灯泡，夜路肯定特别亮！"

我去……

大学之后，我们就不再那么无聊了，三大猜想什么的也就被我们抛弃到了脑后。

自带十万个为什么的陌生人不问了，不识时务的众同学也不问了，但又出现了一些乳臭未干的小孩子来问我们："叔叔，叔叔，你们从小在一起，谁比较聪明呀？"

我的内心在咆哮："叫谁叔叔呢！叫谁叔叔呢！你个小屁孩，看起来萌萌哒，居然这么不会说话！毛长齐没有？就来关心这么多，不怕未成年先谢顶吗！"

表面还是要露出一副人畜无害的样子，我蹲下去跟小弟弟说："啊，这个呀，是你那个哥哥聪明一点，"我指指我哥，"虽然他只比我聪明那么一丢丢，但你要多向他学习，长大以后才能成为科学家、建筑师、物理学家什么的，才能为社会做贡献！"

我哥一副"你的良心不会痛"的表情看着我。

小屁孩说："叔叔，你的意思是不是你不如那个叔叔聪明？"

我内心继续咆哮："还叫叔叔！还叫叔叔！我有这么老吗！再乱叫我在墙上贴个挂钩把你挂上面信不信！"

我哥看不下去了，过来抱他："对，你那个叔叔不如我聪明，走，咱们不跟傻的人一起玩了。"

我问："喂！哥！你这么哄孩子好吗？"

我哥不理我，问小屁孩："你还愿意和他一起玩吗？"

小屁孩："不愿意。"

我："……"

再说回小时候，在我们话都说不利落，掰着指头数不出 1、2、3、4、5 的时候，有一个奇怪叔叔和一个八卦阿姨来家里做客，闲得无聊，教我们 1+1 等于几。

奇怪叔叔："你俩知道 1+1 等于几吗？"

我哥："什么是 1+1 ？"

八卦阿姨看了一下茶几说："你们看，这里有一个苹果，叔叔那儿还有苹果，加起来是几个苹果？"

我："两个。"

奇怪叔叔点头称赞："嗯！真聪明，所以 1+1 等于几？"

我哥："什么是 1+1 ？"

奇怪叔叔："……"

八卦阿姨："1+1 就是一个苹果和一个苹果放在一起。"

我哥点头似啄米："嗯！明白了，一个苹果和一个苹果放一起是两个苹果。"

我在旁边说："哎？不对呀……"

奇怪叔叔和八卦阿姨："不对？哪里不对？"

我："我记得爸爸说过，之前他是自己一个人，没有妈妈，后来有了妈妈，又有了我们。"

奇怪叔叔自言自语："老顾整天都跟孩子说些什么？"

八卦阿姨蹲下来跟我说："你说得没错，是这样的。"

我说："一个苹果和一个苹果是两个苹果，但一个爸爸和一个妈妈是爸爸、妈妈、哥哥和我，是四个！"

我哥疑问："四个？"

说完掰着指头数。

我不理他继续说："隔壁胖胖家是爸爸妈妈和胖胖，是三个！"

八卦阿姨："呃……这个怎么解释？"

这时候老爸正好回来了。

奇怪叔叔："老顾啊！你这个儿子可真聪明，简直就是天才！"

老爸不知道发生了什么，但听到自己儿子被夸之后还是一阵开心，问："怎么了？"

奇怪叔叔说："你这个儿子说 1+1=4！"

老爸挑眉反问："等于四？怎么可能？不是 1+1= 田吗？"

奇怪叔叔和八卦阿姨："……"

那时候我们还不识字，现在想起来最聪明的可能是老爸……

一起调皮捣蛋

　　小时候喜欢吃大大泡泡糖，大人们都叮嘱小孩子："泡泡糖不能咽下去，咽下去会缠住肠子，在你肚子里长成怪物。"

　　实际上泡泡糖咽下去，经过胃酸、水解以及消化酶的作用后，会完全变性。

　　但小时候不懂，对这种危言耸听的话还深信不疑。

　　我有一次不小心把口香糖咽了下去，当时家长都不在家，这下可把我和我哥吓坏了，生怕怪物把我开膛破肚，钻出来还吃了我哥。

　　心急火燎之际，我哥想起大人们的另外一句话："多吃大蒜对身体好，因为大蒜可以杀死身体里的小怪兽。"

　　于是我和我哥开始剥大蒜，我生生吃了一头蒜，现在想来也是心疼自己。

　　吃完后躺在床上，如果你问我等死是一种什么感觉，我想说，就是这种感觉。

再后来睡着了。

一觉醒了，我和我哥发现，我们都还活着……

托父母的福，从幼儿园到小学，我们两个一直被安排在同一个班级。

在父母看来，我们在一个班级，既可以互相照应，也能互相检举，方便他们发现我俩在学校里的问题，此所谓一举两得。

然而事实是我们两个串通一气，不仅同流合污还互相包庇。

每次爸妈问我："你哥最近在学校怎么样？"

我信誓旦旦地说："我哥昨天受到表扬，又获得了老师的小红花奖励。"

爸妈："不错。"

其实我哥被老师一顿批。

再问我哥："你弟弟最近学习好吗？"

我哥："他上课积极回答问题，得到的小红花是班上最多的。"

爸妈："很好。"

其实，我总是上课瞎捣蛋。

期末开完家长会回来。

爸妈把我们叫到身边问："你们老师怎么没有提到小红花的事情？"

我和我哥战战兢兢地说："上周……班主任说……班里小红花

不够了，就……取消……小红花奖励了。"

爸妈："嗯，没有小红花你俩也得知道努力，记得奋发图强，好好学习，做一个诚实的孩子，还要听老师的话，不要调皮捣蛋，不能惹是生非……"

我们两个早就魂都吓没了，在边上点头如小鸡啄米，一口一个："嗯！好的！好的！嗯！好的……"

现在想来，那种害怕就是现在说的"不作死就不会死"的害怕。

后来我们知道了，爸妈其实心里很清楚，不拆穿我们，是希望以此启发我们能主动奋发图强，好好学习。

虽然我们多少也知道收敛，但我俩确实是调皮捣蛋的好手，最后爸妈终于领悟：与其继续放在一起，不如把我们拆开，还能少惹一点麻烦事。

所以初中之后我们就再也没能分配到一个班级。

幼儿园的时候老师引导大家结伴而行，包括吃饭、午休、玩乐，甚至上厕所。

这算是培养我们的集体意识，但我和我哥从小就在一起，所以根本不缺小伙伴。

一次下课，我俩准备去厕所。

我哥说："走那么远才到厕所，还得排队，一点都不想去了。"

我说："但是我想上厕所啊！"

我哥说："要不就地解决吧？"

我看了看楼下没什么人，对我哥一点头："好！我们一起！"

我哥："嗯！一起！"

然后我们就站在二楼台阶上，体会了一把传说中的"顶风尿尿三丈远"的感觉。

听说当时隔壁班的老师刚要出学校，两道水柱几乎擦着脸从天而降。

事后我们被老师叫去办公室，教育了一天什么叫"羞耻心"……

还是这个老师，学校组织学生春游，当时是要去一个度假村体验一天生活。在大巴车上，老师为了不让学生们觉得无聊，不停地给大家讲故事问问题。

当大巴从闹市到了乡村的时候，老师问大家："小朋友们，你们觉得咱们是在往哪个方向走？"

大家回答得争先恐后，东西南北各有回答，还有说东南、西北的。

老师看气氛差不多了，示意大家安静，准备公布正确答案。

我在安静的一瞬间，淡淡地说了一句："这是在往前走。"

同学们都听到了，觉得我说得最对，纷纷跟着说："对，老师，咱们是往前走。"

"我也知道答案了，往前走。"

"往前走！"

老师很绝望。

放学后家长来接孩子的时候，老师抓着我妈的手说："你家这个孩子，一言难尽……"

小学的时候，老师怕我们挨在一起调皮捣蛋，所以调座位特地把我们分在南北两侧。

但这充分发挥了我们两个捣蛋的优势。

我们两人分居南北，以孩子王的身份带领着身边的几个小伙伴，在下课的时候，互相用纸团攻击对方的小伙伴，以此为乐。

不成想这么一点小举动引起了全班同学的兴趣，纷纷加入扔纸团大部队，南北阵营也越来越庞大。

最后全班同学一下课都在扔纸团，漫天乱飞。

那段时间开班会，班主任每次都很严肃地强调："我们班的卫生越来越差劲，地面上全是大的小的纸团，你们一个个都是造纸的吗！"

全班集体面面相觑。

因为身高优势，从小到大上体育课的时候我俩一直是排头。

有一次集合速度太慢，体育老师惩罚我们围着操场跑五圈。

我和我哥期盼体育课已久，想赶紧结束跑圈自由行动。

我哥说："加快步伐吧？"

我："没有问题。"

本来整齐的队伍慢慢悠悠地在操场上前进，我和我哥忽然加速，后面的同学虽然有意识地跟着跑，奈何我俩有身高腿长的优势，一会儿就把后面的人甩了半圈。

队伍也变得零零散散。

后面的同学一个劲地抱怨："你们兄弟俩是要投胎啊！"

结果体育老师看到后，让大家停下解散自由活动，但单独罚我们两个跑了五圈。

同学在一旁幸灾乐祸："果然是着急投胎，造福大众。"

我和我哥："……"

上学的时候，老妈经常会准备一些小零食让我们带着，什么虾条薯片瓜果干枣，一下课我和我哥就凑在一起，拿出零食"咔嚓咔嚓"地吃。

有的同学看着眼馋，也想要，就问我们："可不可以给我也吃一点呀？"

我哥疑问，说："为什么？"

那个同学说："我看到你们吃得好开心，也想尝尝好不好吃。"

我哥说："你说这个呀，我告诉你就可以了——好吃！"

在一旁准备分一点给这个同学的我："……"

同学听到后伤心地离去。

母亲大人也算是暴脾气的那种，从小就教育我们如果被欺负了要一起上。

大约在五六年级的时候，我和一个同学在课间发生了点争执。

当时我们情绪特别激动，甚至都开始互相问候家里的父母。

周围的同学都在看热闹，这时我哥走过来，看到我正在和别人吵架，打量了那个同学一眼，说了一句："我们人多。"

我说："对！"

我哥说："那还跟他吵什么！"

我说："要不？揍他！"

我哥说："当然！"

说完我们就在同学们的惊讶目光中把那个同学暴打了一顿。

打完之后想起那个同学在我和我哥说话时发愣的样子就想笑。

虽然最后被叫家长，赔礼道歉，还要写书面检讨公开认错，但一想起这件事，我们两个就特别满足。

我们的年少时光

高中三年，我和我哥一直是走读生，那时学校要求我们每天早上六点半去上早自习，我们从家里到学校骑自行车需要半个小时，所以不得不每天五点半起床。

问君能有几多愁，恰似起不来床向东流。

刚知道要六点半去上早自习这个消息的时候，内心很崩溃。

第一天上学，我们自己定了闹钟，闹钟刚刚响就被我一巴掌拍死了，很明显我们只是表面上醒了，潜意识还在睡觉。

我哥戳了戳我，问："几点了？"

我从床头柜上随便摸了一个东西，努力地睁开一只眼瞄了一下，说："二十三分，还能眯一会儿。"

后来母亲把我们喊醒的时候已经六点多了，我哥边穿衣服边问我："你不是说二十三分吗？怎么眯一会儿现在六点了？"

我看了看床头柜，上面有一个空调遥控器，显示温度 23 摄氏度。

我哥："……"

那天我们是饿着肚子去上课的，虽然母亲给我们钱买早点，但是一直没有时间买，直到下了第一节课才吃了一口面包，饿得前胸贴后背。

后来母亲为了让我们不饿着肚子上学，或者说怕我再把空调遥控器当表看，开始每天起得比我们更早，给我们准备早餐，让我们能吃饱喝足去上学。

三年的高中，母亲给我们做了三年的早餐，当了三年的闹钟。

三年的早餐，母亲学会了做各式各样的挂面。

因为在所有食材里，面做起来简单，吃起来快捷，人饱肚暖，方便省事。

西红柿鸡蛋面、炸酱面、油泼面、凉面、卤豆角面……甚至有时候母亲在看电视换台的时候，发现某个美食节目是在讲面的做法，她都会停下来看看，用小本记一下，再做给我们吃。

母亲买面总是买那种纸装的一滚一滚的宽面，母亲说这种面吃下去结实，管饱。

那时候我们饭量特别大，多的时候可以吃半斤面条。

后来，高三毕业收拾书，准备把没用的课本当废纸卖掉，母亲说，厨房下面的柜子里有些纸袋子，也拿来卖了吧。

当时我去拿，发现满满的一大箱子全是面条纸装袋。

收废品的大叔看见说："你们这是顿顿吃面吗？"

我哥说："嗯，是啊，我妈做的面特好吃。"

我对柳絮过敏，春天柳絮漫天的时候，我总是咳嗽，尤其是高一那年，我咳嗽得特别厉害，在教室里都得捂着口鼻。

当时我们的体育老师特别厉害，别的老师想占用他的课，他生气了连老师都骂，所以没有人敢去找他请假。

我发愁问我哥："明天有体育课啊，怎么办？请假好难。"

我哥说："再难也得去请，总不能一直咳嗽吧。"

"怎么请，我觉得我要是只说柳絮过敏，体育老师肯定不同意。"

我哥想了想："你不是有过敏原检查报告吗？"

我说："有啊。"

我哥："那你这么办，拿着你的过敏原检查报告去找他，跟他说：'老师，我要请假，不管你信不信，接下来我都要说一句话：我有病！'"

"……"你才有病呢！

高中的晚自习是九点五十结束，从教室出来再骑车半小时，到家大约是十点半，回家洗漱整理完最早也要十一点。

晚饭都是在学校里吃，六点吃晚饭，三节晚自习再加上骑车回家经常会觉得饿，刚开始那段时间，我和我哥晚上常常饿得睡不着或者被饿醒。

所以半夜三更我俩偷着摸着去厨房找吃的，有时候没有可以直接吃的东西就喝水，喝得胀饱，来回上厕所更睡不着。

母亲发现后给我们加了一餐夜宵，面包、饼干、牛奶、粥，虽然简单，却很管用。

但我和我哥吃夜宵的时候经常侃大山，在饭桌上叨叨叨地吐槽老师。

母亲总是在旁边催促我们赶紧吃完去睡觉。

有一次母亲一着急，冲着我俩就喊："赶紧把饼干喝了，把牛奶吃了！"

我没反应过来。

我哥回了一句："今日吃奶喝饼干，明早我想要一碗油条，两根豆浆。"

母亲："……"

高中的时间安排非常紧张，总觉得时间不够、觉睡不足。

有时候明明抱着一颗认真听课的心，但自己的双眼已经不自觉地闭上。上着课我经常无意识地睡着，但手中记笔记的笔还会一直在课本上写字，等同桌或老师拍醒我的时候，发现整页纸写满了字，但看不懂写的是什么，特别像甲骨文。

有时候我也能意识到自己要睡着了，所以会主动提出来要站着上课。

有一天我又觉得困了，跟老师申请站一会儿。

正在站着背课文的时候，我哥好巧不巧地从窗外经过，和我打了一个对眼。

当时我们两个心领神会地笑了一下也就没有然后了。

但晚上回家后吃夜宵时，我哥说："妈，我弟弟今天上课不好好听课，被老师点起来罚站了。"

母亲一脸严肃地问我："你怎么回事？"

我晕，哪有你这样无中生有的……

高考成绩出来后，家里的七大姑八大姨来庆祝我们考上大学。

吃饭的时候，说起母亲"兢兢业业"的三年，我们向母亲敬酒感谢。

我们老舅忽然提出来说："来，两个外甥说说对你们妈妈的评价，最好言简意赅，四个字形容一下。"

我想了一下说："无微不至？呕心沥血？贤良淑德？体贴入微？和蔼可亲？画荻教子？还是大恩不言谢？"

老舅："你到底要说哪一个？"

我说："我觉得都不足以形容我妈，不能概全。"

老舅没再理我，问我哥："知行，要你说呢？"

"四个字是吧？"我哥问。

"嗯。"老舅点点头以示期待。

我哥顿了顿说："太会生了！"

七大姑八大姨："……"

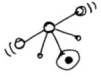

学渣 or 学霸

我们从小偏科，无缘学霸；但也有专精，并非学渣。

只是没想到，异卵双生的我们，性格也有偏差。

我哥记忆力天赋异禀，他视政史地等需要依靠记忆力的科目为再生父母。在他看来，只背过重点满足不了他记忆的快感，整本书的背诵才能填充他记忆的欲望。

每次看到我愁眉苦脸拼死记忆时，他就一脸傲娇地把课本在我面前一扔，潇洒地说："这本书，随便翻开哪一页，倒背如流。"

我只能狠狠地说："你等着！"

我擅长思维，数理化这些科目是我碾压我哥的武器，很多时候我只是翻翻课本、看看概念就能举一反三，从小到大奥林匹克竞赛试题做起来如同家常便饭。

看到我哥盯着一道题，大眼瞪小眼地一瞪三小时，我就在边上背着政史地，优哉游哉地说："听说，你把这道题的概念和公式也倒背如流了？很不错哦！"

我哥："……"

偶尔吵架什么的，对我们来说无伤大雅。

在多数时间里，我们都是在一种取长补短、互相激励的方式下学习。

我哥时常抱怨：上帝为我关上了数学的窗，顺便带死了物理的门，然后连化学的下水道都堵了起来。

我作为他的上帝，经常选择一些比较考验知识点的题目给他，然后告诉他题目的答案，但不告诉他解题的步骤，让他围绕这些题目，穷尽一生所学把我告诉他的答案算出来……或者说凑出来，以此让他形成自己的解题思路。

有一次我给了他一道考验重力势能转动能的题目，比较考验对能量守恒这一知识点的理解。

差不多过了一个小时，我哥还没有"凑"出答案来。

我忍不住过去看了一下，发现他已经把整整两页 16 开的草稿纸正反面都写得满满当当。

我不由自主地感叹了一句："笨！"

我哥沉默。

"把笔给我，让你看看天才都是怎么解题的！"

我哥继续沉默，双手把笔奉上。

潇洒地写完公式，我愣了三秒钟，心惊胆战地说："呃……那个……哥啊，之前告诉你的那个答案吧，我说错了……"

我哥恍然大悟："原来如此！我说怎么凑不出来！"

"呼……"吓死我了，还以为他要跟我打一架呢，没想到他现在的智商已经是负的了……

政治、历史什么的，从来都是跟我有血海深仇。

我哥为此分享了很多快速记忆的方法给我，在他的建议下，我根据自己的思维习惯，学会了图形记忆法。

这种方法起初对我是非常有效的，比如在记忆世界主要气候类型的时候，我采用图形记忆法，记住了"热带雨林气候"是"茂密的森林"，"热带沙漠气候"是"荒凉的沙漠"，"地中海气候"是"温和的海湾"，"温带季风气候"是"一阵风吹来的春天"……

以此类推记忆，并且深入脑海。

可是好景不长，到了考试：

考题：亚马孙河流域、刚果河流域、印尼主要的气候类型是什么？

我脑海里出现了一片茂密的森林，然后就记不起与森林对应的气候名字了……

考题：请分析位于北纬35°至50°之间的大陆东岸气候及其特点。

感觉到一阵风吹过……

有句话叫"听过很多道理，依然过不好这一生"。

对我们兄弟俩而言，是我哥教了我很多记忆的方法，我教了我哥很多解题的思路，但仍旧偏科严重。

每次物理化学考试回来，我问我哥："这次考得怎么样？"

我哥说："只有两个不会的。"

乍一听，还觉得他有进步，再问一句："哪两个不会？"

我哥就说："这个不会，那个也不会。"

"……"

等下次考完回来，我问我哥："还是只有两个不会？"

我哥叹气回答："嗯……"

这应该是我哥最绝望的回答了……

面对英语，尤其是考四级的时候，下定决心，洗心革面，起早贪黑狠狠地学上一个月，结果不负众望，没有考过。

我只能叹气："唉，又没过。"

我哥会鼓励我："没事，继续努力。"

"但是我觉得我已经很努力了呀……"

我哥补刀："嗯，我知道，我的意思是，只要你肯努力，没有什么失败是你体会不到的。"

这是对我最绝望的回答……

平日里，数学成绩一直是我的骄傲，每每和我哥做成绩上的斗争，我必然要用数学成绩碾压他。但是有一次月考，我数学考得特别差，后面的大题空着没做。当时数学老师是我的班主任，把我叫到办公室一顿批评，我回了两句嘴，数学老师生气，让我叫家长。

我找我哥商量办法，我哥说："这种情况下，肯定不能让咱妈去，不然咱妈暴走了你吃不消。"

我点头："嗯嗯。"

我哥继续分析："要不你去找咱爸，投其所好美言几句，说不定还能帮你瞒着咱妈。"

我点头："嗯嗯，是个办法。"

回家的时候老爸在屋里斗地主，我避开我妈，关上屋门，悄悄地跟我爸说："爸，跟你商量个事情呗。"

我爸斗地主那是一个专心致志，半天回了一句："嗯，你说。"

我深呼吸，把事情添油加醋地交代了一遍，说："所以爸，这次我数学考砸了，我们数学老师让你去一趟。"

我爸一脸震惊地看着我说："这个让我去也没用啊，高中的数学题我早就不会做了。"

"……"

我缓了缓"澎湃"的心情，换了种说法："爸，我们数学老师的意思是叫家长。"

我爸明白了，点头："哦。"

然后大喊："老婆，你儿子他班主任让叫家长去一趟学校，我明天没时间，你有空吗？"

我："……"

后来分班，我申请做班上的政治课代表，以此激励自己。

在我担任政治课代表的最后一次考试，我们的政治老师语重心长地在班上说："恭喜我们的政治课代表顾合一同学，终于在最后一次考试，把政治考到了八十分以上！可喜可贺！"

说完还让全班同学给我鼓掌。

我感受到了来自政治老师真心诚意的鼓励，和惭愧到想找个地缝钻进去的心情。

至于我哥——

他早在主动申请当物理课代表的时候就被拒之门外，已经没有机会体会这种惭愧的心情了。

有一次我哥班上要进行数学突击测试。

突击测试的前一天晚上，我哥放下以往的傲娇脸，恳求地问我："明天我们班要数学考试，可是这一块知识点我还没有理解透彻，怎么办？"

我："根据我的经验，对于这种突击式测试，你只需要把自己会的部分做好，争取做到凡是会做的一分也不漏，你就能考出不错的成绩。"

我哥顿悟："也就是说不会的直接跳过，只做自己会的题，保证得分率？"

我："孺子可教也。"

第二天。

我问我哥："感觉怎么样？"

我哥："你的办法真不怎么样啊，从第五题开始跳过，没一会儿就到最后一题了。"

我："……"

直到学校文理分科，我们俩在学习的道路上开始分道扬镳。

分科后的第一次考试，我哥的文科综合考试和我的理科综合考试都在级里取得了名列前茅的成绩。

成绩公布的当天，凑巧和几个要好的同学碰到，我当时就忍不住炫耀了一番。

同学说："看不出来，你们两个差距这么大，平时成绩一般，分科后优势居然这么明显！"

听到这儿，我当然要沾沾自喜一番。

还没等我说话，我哥忽然冷冷地说："要不是我妈一不小心给我生了个弟弟，导致我智商被迫平分，我现在肯定是爱因斯坦转世！"

听他说这话的意思，他笨是怨我喽？

后来在我们同时取得大学录取通知书后，有人问我们俩："在学习中，你们遇到的最大困难是什么？"

我哥说："发愤图强学习数学，努力刻苦记忆公式，解题的时候认认真真，按部就班地在草稿纸上写出自认为完美的解题步骤，得出的答案却在 A、B、C、D 四个选项中一个都没有，内心有如同被闪电劈中一般的绝望。"

我说："笨鸟先飞，用尽方法，甚至'机关算尽'地把政治课本上的理论强行记忆，考试时规规矩矩，一笔一画地把试卷写得满谷满坑，考试结束后拿到试卷，看到十几分的大题得分只有个位数，显然劈中我哥的闪电已经殃及池鱼……"

第一次相隔这么远

高考成绩出来、填报志愿的那一年，我选择了山东，从学校到家一个半小时；我哥选择了四川，从学校到家一天零八个小时。

无论时间还是距离，都是我们从小到大相隔最远的一次。

所以在刚上大学的时候，我很不适应身边没有哥哥的生活，和同学舍友聊起天来，嘴边总是挂着"我有一个哥哥""我是双胞胎"之类的言语。

记得大一最初参加社团面试的时候，我自我介绍说："学长学姐好，我叫顾合一，有一个双胞胎哥哥……"

当我说完一堆，有个学姐忽然扑哧一下笑了，问我："那个同学，你说你叫顾合一，有一个双胞胎哥哥，会不会是叫顾合二？"

我很不理解地看着她。

她继续在那儿自说自话："不对，如果你是弟弟，你应该叫'合二'才对！"

我想了想，严肃而正经地回答她："我哥哥叫'知行'，源自明代哲学家王阳明的观点，是所谓'知行合一，止于至善'。"

师姐一时有点尴尬。

我又补充说："不过我平时经常犯二，朋友确实给我起了个外号叫合二，如果以后有不小心做错的地方，还请多多关照。"

有一个台阶下，这件事也就不了了之。

后来我确实收到了社团的入社邀请，但我还是选择了拒绝，另投高明去了学校的另外一个学生组织——学生会。

大学期间，我和哥哥经常会接到一些谜之电话。

最开始是这样的，电话响了，来电显示：皇兄。

我接听："喂，哥，有什么事？"

电话那边一片嘈杂。

"喂！喂？哥？你怎么了？"

长久的沉默换来一个姑娘的声音："请问你是顾知行的弟弟吗？"

"嗯，是的……"她认真的声音让我脑补到我哥作奸犯科被抓的场景。

"那你和顾知行是双胞胎吗？"

"对……啊……"难道我哥被压寨了？

得到我的肯定，电话里一阵欢呼雀跃："原来你真的是顾知行的双胞胎弟弟！"

我蒙了："是……我可以问一下发生了什么吗？"

"弟弟，弟弟，你好，我可以认识你一下吗？"她毫不理会我的问题。

我不记得我有个失散多年的姐姐："呃……你好，我叫顾合一，可以告诉一下我哥怎么了吗？"

又是一阵乱七八糟……

我哥接过电话："喂，老弟，没事了，他们只是想验明你的真身。"

然后也不解释就把电话挂了，不明觉厉的我不禁思考起来，多年前我们俩争辩的"谁是从垃圾桶里捡来的"问题难道要有答案了？

忐忑……

没过几天，我表示理解我哥了，因为我这边也发生了同样的事情。

当时我们一个小组讨论课题，说到了我的双胞胎哥哥。

他们纷纷说："我们不信，除非你证明给我们看。"

这句话有点像他们在说网上那句"我不信，除非你女装给我看"的感觉。

我拒绝不了，只好给我哥打电话，而且还被要求免提。

电话通了，我被禁止说话，但又没人说话，于是把我的手机在桌上推来推去，各自用眼神示意其他人来接电话。

最后听到我哥一直在电话里"喂、喂、喂……"

一个姑娘拿起我的手机，说："请问……"

姑娘还没说完一句话，就被我哥打断了："等一下，这个场景似曾相识，你是不是想问我是不是顾合一的哥哥？"

姑娘犹豫了一下，说："是想问这个。"

我哥："好嘞，听好了，我呢！是顾合一的哥哥，我们两个是货真价实的双胞胎，我叫顾知行，很高兴认识你们，你们可以喊我知行哥，当然，直接喊我哥哥我也不介意。请问你们还有什么想要问的吗？"

姑娘："呃……没有了。"

我哥："好的，那拜拜。"

说完就把电话挂了。

干净利落，不跟我一样拖泥带水，但是大家一阵沉默。

小组里一哥们儿说："有点假呀，顾合一，你是不是早就找好托儿了？"

我："……"

后来我们就习以为常了，面对这种电话回答得行云流水。

但有这么一个哥哥，生活就总会有一些意外。

那一次，是几个好奇我双胞胎身份的学姐给我哥打的电话。

通话后，学姐刚说了一句："那个……请问……"

"等一下！"我哥按照惯例打断了她们，"你们是不是想问我是不是顾合一的哥哥？"

这次没等我同学说话，他接着说："我可以很严肃地说：'不是！'"

多年来的第六感让我觉得要出事。

果然，我哥继续说："我是顾合一的爸爸，我这个儿子小时候落下了病根，脑子有点问题，到处跟别人说他有一个哥哥，我这个当爸爸的心疼他，一直陪他演戏。"

我暴走。

电话另一边，我哥继续模仿我爸的口吻："唉……但这不是长久之计，希望你们能多多帮忙照顾他一下。"

然后电话挂了……

救命！

接下来我就百口莫辩了，看着她们的眼神，我当时发誓要手撕我哥。

最后只好给老爸打电话求证。

电话接通，我也没组织语言，张口就说："爸！快点证明你是我爸爸！"

我爸："真是傻儿子！我一直是你爹啊，你这让我怎么证明？"

我崩溃，为什么要在证明前面加一个"傻儿子"？

我心里滴着血继续跟我爸说："爸！告诉我，我是不是还有个双胞胎哥哥？"

我爸叹气："和你说了多少遍，脑子有问题是病，得治！不过现在你老爸我这边比较忙，你先玩，忙完我带你去看医生。"

电话挂了……

我已经不想说什么了，但一个脑洞大开的学姐又补了一刀："等等，难道你有两个爸爸？"

"……"生无可恋。

当然，既然都是开玩笑的，后来也就在我哥的证明下不了了之。

大二开学前，我和我哥商量："哥，我发现我手机里没有你的照片，要不咱俩一起照个相，这样以后直接给他们看照片就行了。"

我哥表示可以。

但我们忽略了一个问题。

当我把照片给舍友看的时候，宿舍大哥憨豆一把把身边的老六阿歪拽过来，说："合一，你看我和阿歪是不是双胞胎？"

我没反应过来。

憨豆继续说："要不是你整天和你哥在宿舍煲电话粥，单看这张照片，我是真不能相信你有个双胞胎哥哥。"

"想表达我们长得不像就直说，不用这么拐弯抹角……哎？等等！你说我煲电话粥是什么意思？"

后来这照片我就直接删了，我哥说他也直接删了，因为可信度还不如打电话可信度高。

再后来，有师弟师妹问我："合一师哥，听说你还有个双胞胎哥哥？"

我："假的。"

师弟："……"

师妹："合一师哥,你把天聊死了你知道吗?"

嗯,把天聊死什么的还是挺爽的。

大三那年,我要参加学校学生会主席的竞选。

竞选前一天,我给我哥打电话:"哥,我要参加竞选了,你有什么建议吗?"

我哥说:"我这儿有两个版本的建议,你想听精简版的还是详细版的?"

我:"建议还能分两种,果然是厉害了我的哥,说说详细版的我听听。"

我哥:"认识事情的本质,把握事情的规律,遵守客观现实,务实求真,严于律己,在现有的基础上尽力而为,最大化地突破自己的人生价值。"

我:"听上去很高大上,但有点像政治思想,能说一下精简版的吗?"

我哥:"你确定要听精简版的?"

我:"说吧。"

我哥:"精简版的说白了,就是我觉得你智商不够,可以直接放弃。"

我:"我信了什么邪来问你的意见!"

我哥说想要来学校找我玩。

他来我们学校那天，我们老师临时加了一节专业课，没办法去火车站接他，只好把地址发给他，让他根据百度地图自己找来。

他到了后给我发微信："我在你们宿舍门口。"

那时我们刚好下课，舍友说要去食堂买点吃的，我就先一步回了宿舍。

在宿舍走廊看到他，还没来得及打招呼，他就说："人生在世，能有几件事是头等大事，如今你皇兄我微服私访，你不八抬大轿相迎也就算了，居然也不茶水款待，还让我站在门外。"

我没搭理他，掏出钥匙准备开门。

我哥继续在那儿说："你这要是搁古代，轻则廷杖八十，重则杀头警示呀！"

我打开宿舍门，自己嗖的一下进去，以迅雷不及我哥反应之势把他锁在了门外。

我哥安静了一会儿，问："喂喂喂，老弟，你这是要干什么？"

我隔着门说："小子，这可是我的地盘，你不要太嚣张！"

我哥认怂："好好好，我错了，你快给我开门。"

我心里暗暗叫爽："那你大喊三声：'威武帅气的弟弟，我知道错了。'我就给你开门。"

我哥在那边默不作声。

我说："你别装沉默，我知道你肯定还在门口！"

依旧沉默。

因为宿舍只有一道简单的门，关着门是看不到外面的，过了好久，在好奇心的驱使下，我打开了一道门缝，刚探出头，结果被我哥一把逮住了，说："哼哼，我就知道你耐不住寂寞。"

就在我们俩在门口互相僵持的时候，五个舍友回来了，带着异样的眼神看着我们说："你俩是猴子请来的逗比吗？"

我和我哥："……"

在跟宿舍的舍友介绍完我哥之后，大哥憨豆表示："原来你就是顾合一的哥哥呀，真是百闻不如一见，一见不如不见。"

我哥："……"

我窃喜，但还是正义凛然地说："不要对我哥太失望。"

憨豆说："不是失望，是没想到居然这么不像。"

我哥说："原来你们是说这个，其实你们误会了，我们两个小时候还是长得很像的。"

我以为我哥在圆场，于是随口附和："嗯嗯，是呀，小时侯我俩还挺相像的。"

我哥又说："但是生活总有意外，不得不接受突如其来的变故……"

憨豆问："怎么了？"

我哥语气忽变："三岁那年，我弟弟他……一不小心从一米多高的台阶上摔了下去，唉，是脸先着的地……"

你这忧伤的语气是什么鬼？

憨豆："所以说顾合一他是后天摔残了？"

"可能是吧，"我哥回应着，并向我投来可怜的目光，"脸上没留下伤疤已是万幸，但伤好之后确实变了模样，脑子也不是很好了……"

我不屑地说："嘁，编得这么假谁信！"

结果五个舍友很打脸地说："我们都信。"

我："……"

我始终相信相逢即缘，所以我在学校里有很多朋友。

无论是学校的食堂、教学楼，还是超市、小卖部，我总能碰到认识的人，他们来自各个院系的各个年级，都知道我有个双胞胎哥哥。

和我哥在学校食堂吃饭的时候，碰到几个师妹。

互相打招呼之间，她们问我："合一师哥，这个和你穿着一模一样的不会就是你的双胞胎哥哥吧？"

我点头回应："是的，你没看错，这就是我那个你们所谓的只闻其名不见其人的双胞胎哥哥。"

她们不禁感叹："你们长得一点都不像呢！"

我听到这句话唯恐我哥又要编出个从菜市场捡的、充话费送的或者小时候摔的梗。

谁知道这次我哥居然实话实说："我们两个是异卵双生儿，长得不像也是正常。"

等她们走了之后，我问我哥："那个，你这次怎么不一本正经地胡说八道了？"

我哥说："你不是说这是你的地盘吗？"

我傲娇一笑："哼哼，知道怕了就好。"

我哥不屑一顾："我这是给你留几分面子。"

我："此话怎讲？"

我哥："一个天生机智的我如何拯救一个脑子有坑的你？"

我："……"

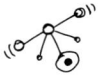

有个双子座孪生哥哥是种什么体验

都说双子座的人有两种性格，那么我们双子座的双胞胎，加起来就是四种性格。

比如我是理科生，却在报志愿时选择了艺术类专业，从此开始了靠笔杆子吃饭的生活。

我哥是被公认的高冷男，傲娇无理加腹黑，却喜欢在没事的时候听郭德纲相声，经常在家里戴着耳机偷笑得停不下来。

有一次大学暑假，几个老同学到家里来玩，我哥在卧室戴着耳机听相声，没注意到家里有人来。

我招呼大家坐下，准备去拿点点心饮品，忽然就听到屋里一阵哈哈大笑。

一个同学当场就惊讶地问我："那是你哥吗？"

"是。"

"真的吗？不敢相信啊！"

"别管他，可能开启了另外一种模式。"说完我大喊，"哥，同学来了，咱家的饼干和小蛋糕在哪儿？"

过了一会儿我哥一本正经地从屋里出来了（从发型上还能看出来他梳了头），跟同学们打招呼："好久不见，我去给你们拿点点心。"

趁我哥去厨房，同学悄悄地说："我还是比较习惯这样的顾知行……"

我说："毕竟他把模式又切回来了。"

同学们都沉默地露出了敬佩的眼神……

小时候受电视电影的影响，几乎所有的小伙伴都认为双胞胎是有心灵感应的。

在小学一年级的时候，一次放学回家。有一个同学心潮澎湃地跑过来拦住我们两个，开口问我们："你们两个是不是双胞胎？"

我和我哥一时不知道发生了什么，但还是异口同声地说："是啊。"

"那你们有没有心灵感应？"那位同学接着问。

我感觉到了自己一头的黑人问号。

我哥给了我一个坚定的眼神，斩钉截铁地说："有啊！怎么了？"

"那是种什么感觉？可以跟我说一下吗？"那位同学在得到肯定后非常激动。

"就是能相互感觉得到，很神奇的一种感觉。"我一脸鄙视地看着我哥在那儿吹牛。

"真的吗？可不可以举个例子？"那个同学更加激动。

"当然是真的……比如……呃……"吹牛不打草稿，看来我哥编不下去了。

"就比如你看我们两个成绩很好。"这个时候机智的我出来救场，"其实我们平时学习，每个人只学一半，另一半通过心灵感应就学会了，考试的时候也是一人负责做一半的题，相互感应一下就知道其他答案了。"

"这么厉害！"那位同学相信了……

"这算什么，不过我们告诉了你，你得替我们保密！"我哥还不忘补刀……

"好的！好的！"在那个同学眼里，我看到了要给我们下跪的冲动。

从此，我们两个见了那个同学都得躲着走，时隔多年不见，不知道现在他再看见我们俩是一种什么心情……

我们两个即使有四种性格，差别依然很大。

大家都说我活泼逗比，说我哥高冷寡言。

小时候我就特别喜欢出去玩，找同学、打牌、轧马路、聊人生一整天不回家；我哥则是习惯待在家里看电视、看书、听相声，能一暑假不出门。

所以我妈批评我们两个都得分类批评。

比如看我不在家批评我："就知道天天往外面跑！一天到晚，人影不见！看看你哥哥，在家待着，老老实实，你要再不回来就别回来了！"

再批评我哥："怎么又在家里蹲着！四仰八叉，吃喝拉撒！怎么不学学你弟弟！多出去走走，晒晒阳光，也不怕把自己憋坏喽！"

我和我哥："……"

我们从小到大凡是父母给我们准备的东西，都是一模一样的。就连高中毕业拿到录取通知书后，母亲大人奖励给我们的手机也是一样的。

那时候智能机刚出不久，我们两个一人一部非常新鲜，我在研究手机系统，我哥在不断换音乐想给手机配一个好的铃声。他选了好久，选择了一个宫廷类的纯音乐，还兴致勃勃地放给我听，问："怎么样？"

我一脸嫌弃地说："不怎么样，你这是要进宫面见皇上吗？"

我哥抱怨："居然还嫌不好听，要不我给你也换一个？"

我说："我拒绝，你的音乐品位我接受不了。"

我哥："……"

当天下午我约了同学，忍不住拿出手机给他们看。

他们正连连称赞着，我的手机响了：第二套全国中学生广播体操，时代在召唤……

同学都惊讶地看着我，我一脸尴尬，拿过手机一看是我哥打的电话。

接起来，我哥说："怎么样，这个专属铃声还满意不？记得早点回家吃饭。"

我："……"

因为从小就是孩子王，小孩子们特别喜欢跟我们一起玩，以至于上大学后假期放假回家，熟悉的邻居们经常把自己的孩子托付给我们看管照顾。

有一次凑巧托付来了三个小朋友。他们凑在一起要拉上我们两个玩过家家的游戏，我哥当时要给大家做饭，没有参与。

其中一个小男孩说："让合一哥哥演爸爸吧，我要演合一哥哥。"

另一个小男孩说："好，那我演知行哥哥。"

唯一的小女孩说："我不要演妈妈，我要演知行哥哥和合一哥哥的妹妹。"

另外两个小男孩不乐意了："他们两个没有妹妹，你不演妈妈我们就没妈妈了。"

"……"我赶紧打断他们，"没事没事，我可以一人演两个角色，我自己演你们的爸爸妈妈。"

然后，我以三个熊孩子爹妈的身份，开始了过家家游戏。

过了一会儿，我哥那边饭做好了，喊了一句："老弟，饭做好了，快带着你的熊孩子来吃饭。"

还不等我回答，他又模仿着老人的口气说："孩子们，饭做好啦，快来尝尝爷爷奶奶做的饭好不好吃。"

"好。"三个熊孩子带着长长的儿话音说，"爷爷奶奶辛苦啦。"

"……"

其实我哥不是很相信星座、生肖、五行八卦说什么的，但我偶尔会研究研究，带着宁可信其有不可信其无的态度寻找其中的乐趣。

有一次我突发奇想，跑去跟我哥说："哥，我研究星座生肖有重大发现。"

我哥不屑地看了我一眼，说："一瓶子不满半瓶子晃荡，就你还有发现，说说看。"

我说："你不是一直想起一个帅气的网名吗？有报告研究，用自己的姓，然后加上自己星座的第一个字，再加上自己的生肖，可以组成一个高大上的新名字。"

我哥："真的？"

我一脸认真："嗯，真的！"

我哥将信将疑，得出答案：顾双鸡。

然后一脸信了我的邪的样子看着我……

春花秋月何时了，往事知多少，
小楼昨夜又东风，你在我梦中。

顾合一、你的理想是什么？

听歌、写作、读书、写字，慢慢地长大。

和我哥同居的日子

我从小就失眠，去看医生被诊断为"精力太过旺盛"。

但我哥却从不失眠，永远都是倒头就睡。

平日里他算是一个安静的美男子，但睡着了却很不老实。

半夜里翻来覆去，明明是两张单人床，却非要和我挤在一张床上，有时候还横过来睡觉，顺带说几句梦话。

他半夜一折腾，我就更睡不着了。

有一次受不了，就使劲把他摇醒了。

他蒙蒙眬眬地问我："怎么了？"

我说："没事，我看了一下时间，感觉你应该起床上厕所了。"

"……"

看着我哥无奈又不想搭理我的样子，忽然觉得很有意思，自此之后我换了无数种叫醒他的方式，治好了他半夜睡觉不老实的毛病。

后来只要我把他叫醒，他会先说：

"我不想上厕所。"

"我不听歌。"

"我没有故事可以讲。"

"地震了你先跑吧。"

"作业明天再做还来得及。"

"你先去上课，我再睡会儿。"

……

诸如此类，我觉得我把一个人叫醒的所有不靠谱的理由都试了一次。

试过了无数种叫我哥起床的方法之后，我哥开始习以为常，变得麻木，醒了也不再搭理我，只是换个姿势继续睡觉。

我开始思考尝试创造一些新点子出来。

有一年暑假，我惯例失眠，我哥惯例呼呼大睡，翻来覆去。

忽然灵机一动，我悄悄地找出了冬天的棉被，然后给他盖上了。

第二天醒来的时候，我哥看到被踢到床下的被子，问我："谁把被子拿出来了？"

"我。"我伸伸懒腰，睡眼惺忪地说。

"拿被子做什么？怎么还扔在地上了？"

"本来只是觉得昨晚夜黑风高，怕你着凉，特意给你盖上了被子，但是没想到你半夜把它踢了。"

"……"我哥沉默了一下感叹了一句，"真是要防火防盗还要防亲弟弟呀！"

高中毕业后我哥选的志愿在成都，距离我们家乡很远，需要奔波三十六个小时才能到达。

这是我哥第一次自己一个人去那么远的地方。

开学前我们去火车站送我哥。

我妈在我哥登车前忽然哭了，说舍不得让他自己去那么远的地方。我爸只是皱着眉沉默，我在一旁想到从小到大我们兄弟两人还从未分开过，也不禁有点舍不得，开始泪湿眼眶。

我哥一边安慰我妈，一边拍拍我肩膀说："哟，怎么你也要哭吗？"

我勉强笑了笑说："没有，只是想到以后半夜没人喊你去上厕所，我有点担心你。"

"担心我什么？在床上画地图吗？"我哥一笑继续说，"那就在大学找个女朋友，夏天给姑娘盖盖被子什么的，你也算有伴儿。"

"……"我尴尬了一下，然后转移话题，"快要发车了，要不你快走吧……"

"嗯……"

这算是我第一次感受离别的气氛，虽然很舍不得，但是托我哥那句吉言，我至今还是单身狗。

大学的时候，我经常和身边的朋友说起来我哥，说我哥被叫醒了，最多也就搭理我三分钟，然后继续睡觉。

其中胡萝卜问我："你哥难道没有起床气吗？"

"没有，从来都没生气过。"

"不敢相信……"胡萝卜表示惊讶。

"毕竟我哥很少发脾气的。"我得意扬扬地说。

"我怎么觉得你哥是不舍得对你生气？"

"不舍得？"

"母亲不舍得对自己的孩子生气，因为爱；丈夫不舍得对妻子生气，因为爱；哥哥不舍得对弟弟生气，也是因为爱。"胡萝卜举例子说起来。

"……"

虽然不明觉厉，但我就是觉得这个比喻很不恰当。

后来我才发现胡萝卜的真实面貌。

可以说胡萝卜同学一直走在掰弯我的路上，为此坚持不懈从不放弃。

有一次她不知道从哪里找到一个心理测试给我。

"顾合一，你做做这个测试。"

"这是什么？我可以直接拒绝吗？"

"一个有趣的心理测试，很灵验。"

"哪一方面的？"我继续保持防御心态。

"你赶紧做，做完了就知道了！"

在胡萝卜的要挟下，我根据自己的日常习惯做完了她说的心理测试。

得到答案：性取向正常，被掰弯的概率为 2%。

胡萝卜当场就垂头丧气说了一句："为什么只有 2%？"

我幸灾乐祸："就知道不是什么好测试，还好我为人坦坦荡荡，让你的阴谋诡计不能得逞。"

谁知她说："哼！就算只有 2%，也绝对是你哥的功劳，同床共枕十八载，早晚都是他的人！"

"……"

我哥一直以来都很钟爱电影艺术，在大学期间，还跟着他们学校里的剧组去拍电影。偶尔也拍一些自己的小作品给我看，其间我还帮我哥编过一次剧本。不过拍电影这项工作，看似很有趣，其实很累，毕竟要考虑的方面很多，还经常需要夜拍。

有一次半夜三更，我哥给我打电话，我迷迷糊糊问："喂，哥，大半夜的你怎么了？"

我哥说："没事，我在拍夜戏，大家现在在吃夜宵。"

我说："哦，那找我有什么事吗？"

我哥："问问你有没有睡着。"

我说："本来睡着了，又被你吵醒了。"

我哥："嗯，那就好，我就是问问你睡着了没有，你说睡着了，我也就放心了。"

我："……"

我睡着一次容易吗……

读大学时，上完课、忙完学生会的事情之后，睡觉前都会和我哥开视频或打电话随便说几句。

但毕竟是长途，经常把电话打爆了。

我一查话费还剩几块钱的时候，就给我哥打电话："哥，我没话费了，这个月生活费紧张，可不可以帮忙充个话费。"

"充多少？"我哥问我。

"网上不都说话费要充就要充满，要不你也给我充满吧。"

"可以。"我哥想都不想就答应了，然后把电话挂了。

我正抱着手机纳闷话费到底怎么充满的时候，收到一条短信：尊敬的客户，您好！您使用【中国移动天猫旗舰店】为本机充满话费，订单金额满，当前余额很满，以后的余额更满。中国移动。

一看短信联系人，是我哥模仿 10086 发来的……

大学毕业后，我只身到了北京，从事了一份自己喜欢的工作，开始脚踏实地为曾经的梦想努力。

上学的时候一直精力十足，就算半宿失眠也没有睡午觉的习惯，但是工作之后，每次中午吃完午饭，都会争分夺秒地趴在桌子上睡一会儿。

有一次和我哥微信聊天，我打断我哥说："先不聊了，我要睡会儿觉，不然下午工作会很困。"

我哥说："你中午睡一会儿，晚上还能睡着吗？"

我回复："这你就不懂了，午觉睡一睡，精神翻百倍，晚上下班还能多做一会儿事情。"

我哥："哎，老弟，晚上还是尽量不要熬夜，对身体不好。"

我被突如其来的关心感动，说："嗯，知道了。"

谁知我哥紧跟其后又发了一句："所以我建议你通宵。"

我："……"

夏天失眠还有一个原因——蚊子。

说来我也不知道为什么，和我哥同住一个屋檐下二十余载，蚊子就喜欢叮我，我用被子把自己包起来它还是来找我，我哥光着屁股敞开了睡也没事，让我一度怀疑我哥的血有毒。

而且每次我被蚊子叮得睡不着，奋起开灯发誓要灭了蚊子全家的时候，我哥都会在旁边默默念诗："君不见蚊子是从哪里来，吸完你血不复还。"

"……"

毕业后我来北京，发现北京的蚊子也很喜欢我。

这让我很绝望……

有一次半夜我哥发微信问我："在做什么呀？"

"打蚊子！"

"打到了？"

"并没有。"

"那你点个蚊香吧。"

"点了，不过没什么用。"

"要不你回家吧。"

"唉？怎么忽然让我回家？难道家里蚊子少？"

"不是，你不在家，家里蚊子开始叮我了，这会儿我也在这儿打蚊子呢。"

"……"

半夜被蚊子吵得睡不着，第二天上班时会昏昏欲睡。

同事看我睁不开眼，说："小伙子，晚上不要纵欲过度，要注意睡眠。"

我白了他一眼："纵欲什么鬼，我这是被蚊子吵得不得安宁。"

同事说："你可以用电蚊拍啊，空中一拍它就挂了。"

我说："这么有用？"

同事："必须有用，毕竟是带电流的！"

我说："那不小心碰到人怎么办？"

同事："你傻啊，这是打蚊子的，又不是打人的，我反正没试过。"

我说："我怎么有种跃跃欲试的心情。"

他看了一眼我的头发，说："好奇心害死猫，你这一头等离子烫，不会就是当年好奇被电焦的吧？"

我气急："我这是自然卷！"

同事说："那也是被电得基因突变。"

"……"

说起我来北京，这也算是个很忽然的决定。

大四毕业那年，我匆匆回了趟家收拾东西，跟家里说我要当北漂，我哥那时刚从成都毕业回家没几天。

其实我们谁也没想到，四年前在火车站送我哥去成都，四年后又在火车站送我去北京。

和爸妈告别后，我跟往常一样同我哥打趣："晚上睡不着，我会继续给你打电话的。"

却不想我哥一本正经地说："现在不是小时候了，如果你还是失眠的话，就去好好看下医生吧。"

"嗯？"我愣了一下，点头回应了一句。

"家里有我，你放心地出去闯吧，也算对得起你风风火火的选择。"

"嗯。"

"实在混不下去了就回家，没什么输不起的，家里还有你哥我。"

"嗯。"

"想家了也可以回来，我这不就回来了。"

"嗯。"

　　"想想爸妈你我四个人坐在一起吃饭的次数越来越少了，就抽空多给爸妈打打电话。"

　　"嗯。"

　　"……"我哥沉默了一下，"我也不知道再说什么了，快发车了，准备准备检票吧。"

　　"嗯。"

　　我挥手跟爸妈告别，转身就哭。

　　从山东一路哭到北京，落了最长距离的一次眼泪。

这些年守候在我们身边的人

　　知行合一的名字来自明朝思想家王阳明提出来的观点，是所谓知行统一，才是本质。

　　我爸给我们取这个名字，是希望我和我哥能把认识论与实践论相结合行事，也希望我们两个在以后的成长过程中相互帮助、扶持，共同进退。

　　刚认识大哈的时候，他得知我和我哥的名字合起来为"知行合一"后，恍然大悟地说："我知道知行合一，是王重阳提出来的观点对不对？"

　　我一时无语凝噎。

　　我哥冷冷地问了一句："他是哪个朝代的？"

　　"明代？"大哈同学犹豫地回答了一下，然后自己否定自己，"不对！是宋朝。"

我："……"

我哥又问："他还做了什么？"

大哈继续说："创建了全真教派，人称'中神通'。"

看来他金庸武侠小说看多了……

父亲大人算是王阳明的忠诚粉丝，只要我和我哥做事稍有差池，他就会语重心长地教育我们："要不忘初心，知行合一！"

但我和我哥一度认为父亲大人自己都做不到这点，甚至还严重梦游。

有一次我们放学回家，刚出校门口就下起了小雨，我和我哥正商量着打车回家，就看到了父亲大人开着车过来了。

我们挥着手，边跟父亲大人打招呼边喊：

"爸！"

"爸！"

父亲大人开车路过我们，减了速，放下车玻璃，点头回答了一声："嗯。"

然后就开着车走了……

留下我们两个站在雨中一脸蒙。

回家后我问父亲大人为什么不捎带我们回家。

我爸说："当时觉得有点饿，想快点回家吃饭，没想那么多其他的。"

我和我哥："……"

厉害了，我的亲爸。

母亲大人的厨艺精湛，家里一日三餐全是母亲大人一手包办。

上大学后我经常打电话跟母亲大人说怀念她的厨艺，想吃她做的各式各样的菜。

母亲大人说好，等我回家就给我做。

有一次放假回家之前，我用自己赚的稿费买了一身西服，当时自我感觉非常良好，所以我一回家就沾沾自喜拍着自己的西服问我妈："妈，有范儿吗？"

我妈淡淡地说了一句，"有饭，在厨房的锅里，自己去盛。"

我："……"

平日里我习惯叫我爸"父亲大人"，在手机的通讯录里备注"皇阿玛"，叫我妈"母亲大人"，在手机通讯录里备注"皇额娘"。

但是到我哥，我就只备注了一个"哥"。

我哥不乐意了，说："要在古代王朝，我是要继承王位的。"

我回复了一句："要在古代王朝，你是要被我暗算致死的。"

我哥没反驳，但我还是给他改了备注——"皇兄"。

后来我哥在家忘记把手机放在哪里了，让我帮忙打一个电话找找手机。

听着手机铃声，我在我哥枕头下找到了他的手机。

只见手机上显示"顾公公来电"。

当时就想把他手机摔了。

初中的时候我们开始流行 MP3。

有一次我哥说："给你推荐首歌，蛮好听的。"

我接过 MP3，听到歌词：

Tell me why

总是到失去后才明白

Please don't cry

至少我还存在

Tell me why

不情愿又不得不放开

Say goodbye

等待我再回来······

我没用耳机，直接用扬声器听的，父亲大人没一会儿来到我们卧室，问："这是什么歌？"

我哥说："陈旭的《边做边爱》。"

父亲大人沉默了一会儿，说："歌不错，但名不成，你俩未成年还是别听了。"

我和我哥："······"

虽然母亲大人做饭很棒，但偶尔也会犯错，比如不小心加了两次盐。

吃饭的时候，我在饭桌上一边吃一边喝水，还一边抱怨太咸了。

我哥吃了两口，忽然把筷子一放，坐在那儿发呆。

我问："怎么不吃了？"

我哥说："过会儿再吃。"

我："为什么？"

我哥："网上说，时间会冲淡一切。"

我和我妈："……"

父亲大人晚上回家喜欢看足球。

有时候足球踢得特别没意思，他就倚在沙发上打瞌睡。

高中的时候，我在卧室里刷理综题，没一会儿听到客厅传来我爸打呼噜的声音。

于是我去客厅把我爸摇醒说："爸，我帮你把电视关了，你去卧室睡觉吧。"

我爸摇摇脑袋，说："别关！我在看！"

我说："爸！你现在可是闭着眼！"

我爸："我在闭着眼睛听听看。"

我："……"

家里来了客人，和我妈在客厅畅所欲言，时不时还提到小时候的我。

等客人走了，我问我妈："妈，她们是谁呀？"

我妈说："你张阿姨和她闺女，怎么不认识了？"

我想了想："没什么印象，难道我该认识她们？"

我妈："这就忘了？小时候你还拉着人家小姑娘的手要她当你小新娘来着。"

"……"我努力回忆，问一旁的我哥，"有这么回事吗？"

我哥摊手表示他也不知情。

我妈说："刚刚我们就是在说这件事，你小时候和你张阿姨家的姑娘玩，拉着她的手不放，非要她做你的小新娘，人家姑娘可还记得这事。"

我装傻念经："那肯定不是我，肯定不是我，肯定不是我……"

我妈又说："当时看你那么认真，我和你张阿姨都想给你们定娃娃亲了。"

我崩溃："妈！亲妈！没定是吧！快告诉我这是在跟我开玩笑！"

我妈："是没定，不过也没开玩笑，当时我想了想还是算了，现在都是自由恋爱，万一你们长大了不喜欢了，就不好了。"

我松了一口气："果然还是亲妈，你是爱我的，舍不得我对吧！"

我妈："我是怕以后人家小姑娘嫌弃你。"

我哥："这句话说得在理。"

我也是生无可恋了……

老爸老妈刚玩手机 QQ 和微信的时候总是出乱子，他们是那种朴素的人，生活有条不紊，按部就班，很少主动去接触新的、网络的、科技的东西。

我们上大学后，我和我哥商量着给我妈注册了微信和 QQ，教会了我妈用这两个 APP。结果我妈把微信玩得熟能生巧后，电视也不看了，没事就刷朋友圈，给我们推荐这个那个的保健方法，半夜还发个红包验证一下我们有没有按时睡觉……

但是 QQ 我妈怎么也没学会，总是忘记自己的账号密码，光 QQ 号我哥就申请了好几个，弄得后来我们也记不住哪个是对的了。

有一次我在学校里和我哥微信语音聊着天，收到一条 QQ 好友申请，备注：我是你妈！

当时我一看就来气，说："嚯！现在的骗子越来越嚣张了，都开始冒充爹妈了，还加感叹号。"

我哥说："然后呢？"

我说："我一句'我是你爸'就拒绝回去了。"

过来一会儿，我哥说："拒绝得很帅，不过那就是咱妈，刚刚她说她又忘了自己的 QQ，自己注册了一个。"

这下完了……

家里要换新车，爸妈的意见不一，僵持了很久。

但最终提车的时候，综合性价比还是选了父亲大人中意的那辆车。

　　这下可把父亲大人高兴坏了，毕竟母亲大人才算得上一家之主。难得取得一次胜利，所以他非要带上我和我哥出去兜风。

　　因为是被强行拉出来"兜风"，所以三个人在车里坐着也不知道说什么，场面一度相当尴尬，父亲大人也是漫无目地开着车。

　　忽然，父亲大人问我们两个："你俩听歌吗？"

　　我哥迎合着说："好啊。"

　　歌声响起的时候，我差点一口老血吐出来，因为父亲大人自己唱了起来，还是凤凰传奇的《自由飞翔》。

　　我和我哥默默坐着，什么都没说。

　　父亲大人又问："掌声在哪里？"

　　我和我哥正在犹豫着要不要鼓掌的时候，他自己按了按车喇叭，接着完全不顾我们的感受，继续说："让我看到你们的双手。"

　　只见车窗前忽然喷出了玻璃水，然后雨刷摇晃起来。

　　……

　　回家的时候我和我哥觉得我们的三观都塌了。

　　有一次看电视里玩"你猜猜我手里有几颗花生米"的游戏。

　　我刚巧在吃花生，于是忽然正襟危坐，把花生往拳头里一藏，跟从我面前走过的父亲大人说："爸！你猜猜我手里有几颗花生米，要猜对了我把这五颗花生米全给你，猜错了你得给我一百块钱……"

　　父亲大人想也不想说："五颗！"

　　我摊开手心，里面只有三颗花生米。

我伸手，"一百拿来！"

谁知父亲大人一把抢过花生米，说了一句："熊孩子！不按套路出牌！"

然后我爸就去卧室找我哥了。

没一会儿我爸出来给了我一百块钱。

鬼知道发生了什么……

我哥去成都上大学的第一年的国庆节。

我教母亲大人学会了跟我哥视频，我哥说："妈，从成都到山东，坐火车来回需要四天，七天假期，一半的时间要奔波在路上，我觉得不合适。"

母亲大人说："嗯，我觉得也不合适。"

我哥："我想了想，要不我还是坐飞机回家吧。"

母亲大人："嗯，也可以。"

我哥："不过机票有点贵，还望赞助点钱。"

母亲大人："多少？"

我哥："单程一千六百多。"

母亲大人想也不想就说："要不还是别回来了，我看你在那边也挺好的。"

我哥："好……"

事后我哥给我发微信："这是亲妈，鉴定完毕。"

大四毕业那年，我匆匆回家收拾了一下就起身前往北京。

在火车上我不由自主地哭，从山东一路哭到北京。

到站后想到自己居然就这么哭了一路，于是在车站大厅打电话给我母亲大人："妈，我到站了。"

"平安到站了就好，快回你的宿舍，收拾收拾准备明天入职吧。"

"嗯，"我想了想又说，"妈，我从山东一路哭到了北京。"

我妈："你边上没有人看着你吗？这么大了你不嫌丢人啊！"

我："……"

还以为能安慰我一下，果然是亲妈。

虽然父亲大人经常梦游。

比如自己拿着手机挨个问我们："你看到我手机在哪里吗？"

虽然母亲大人经常做饭加错调料。

比如把醋当成可乐，把可乐鸡翅做成了醋溜鸡翅。

但每次说起父母我还是不由自主地感恩。

我哥经常叮嘱我说，父亲因为工作调动，开始经常在外出差，我几乎常年不归，家里四个人坐在一起吃饭的机会越来越少，让我抽空多给家里打电话。

其实有时候我也是想家，但是幸而我有一个哥哥，如后盾一般把家里照顾得面面俱到，让我能毫无后顾之忧地在外面随便怎么摸爬滚打。

就像他在送我到北京的车站前说的一样："混不下去了就回家，家里还有你哥我。"

谢谢我的父母，谢谢我哥。

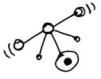

第十三章

13

假期

　　假期在家，我往往是起床最晚的那个。

　　但是母亲大人打着"无规矩不成方圆"的口号立了一条规矩：不准赖床到九点以后。

　　所以我哥经常奉旨喊我起床。

　　八点半，我哥来喊我："老弟，起床了。"

　　我不搭理他，继续睡。

　　八点四十分，我哥再来："快起床吧，现在起床还来得及。"

　　我仍然不搭理他，继续睡。

　　八点五十分，我哥又来了，"再不起床，妈又要来怼你了！"

　　我半睡半醒，"嗯……没事……放马过来……"

　　没一会儿，我妈 Duang、Duang、Duang 敲着房门，"马上九点，赶紧起床！"

我嗖的一下坐起来，说："我已经起来了！"

母亲大人："为什么还在那儿躺着？"

我："我在尝试用精神穿衣服。"

母亲大人："瞎扯，赶紧起来吃饭！"

我："哦……"

我妈前脚一走，我又啪的一下躺在床上，我哥说："早起的孩子不惹妈，同一个世界同一个妈，切记。"

我："要是顶不住咱妈的炮火怎么办？"

我哥说："游走战术，妈进你退，妈扰你躲，妈气你跪。"

上有政策，下有对策，可见我哥现在都已经形成理论体系了……

母亲大人打着"无规矩不成方圆"口号立下的规矩还有很多，比如晚上最晚十点半回家，比如每三天必须打扫卫生，比如不准熬夜到十二点以后……

所以晚上出去玩，我都会事先跟同学打好招呼，告诉他们我俩最晚能玩到十点。

有一次蘑菇同学好奇，问我和我哥："话说，你俩为什么每次都强调最晚玩到十点？"

我一摊手："没办法，我妈明文规定，不敢轻易抗旨。"

蘑菇好奇："那就没有点什么特殊意外？"

我："目前没有，因为我和我哥遵守'一般情况下母亲大人都是对的，如果有特殊情况参照一般情况对待'的原则。"

蘑菇："那你们老爸呢？就不能跟爸爸申请加时？"

我再摊手："我爸遵守'一般情况下老婆大人都是对的，如果有特殊情况参照一般情况对待'的原则，你说我爸申请有用吗？"

蘑菇激动，画风一转，用力拍了我一下肩膀："厉害啊！一个女人管着三个老爷们儿！"

我白了她一眼："你要如何？"

蘑菇继续说："我要拜你妈为师。"

我："什么？"

蘑菇："我也想管理三个老爷们儿。"

我哥："我怎么觉得你这句话的重点是你要生一对双胞胎？和谁生？"

蘑菇："……"

关于不准熬夜到十二点这条规定，我以为上大学就不需要遵守了。

谁知大二的时候，收到一条微信提示："您的手机联系人'皇额娘'请求加您好友。"

我给我哥发微信："加还是不加？"

我哥："加吧，跑得了和尚跑不了庙，拒绝不了。"

我思考了一下，回信："有什么对策？"

我哥："晚上记得别发朋友圈，就算发也要屏蔽咱妈。"

我："OK。"

隔日凌晨一点半，手机叮咚一响，拿起来一看，皇额娘发的红包！

点击领取红包，收到 1 毛钱。虽然不明觉厉，但好歹苍蝇腿也是肉。

还没来得及跟我妈表示感谢，我妈发微信了："这么晚还不睡觉！下个月生活费全在刚刚的红包里了！"

……

第二天看到我哥的留言："走过最深的路，就是咱妈的套路。"

有一年暑假快开学了，我在床上躺着不想起，跟我哥说："哥，我想罢课，我不想上学了，我要去旅行！"

我哥头也不抬地回复我："你在这做白日梦？"

我给我哥一个坚定的眼神："哥啊！再不疯狂就老了！"

我哥："你不是号称自己永远十七岁？"

我："网上不是说，世界这么大，多出去看看。"

我哥："网上还说了，钱包那么小，你哪儿也去不了。"

我："我在乎的是精神上的满足！"

我哥："现在是一个看脸的社会。"

我："我可以发愤图强让自己发光。"

我哥："你除了吃饱了睡、睡醒了吃你还能做什么？"

我："写作！赚取稿费！"

我哥："十篇文章八篇我，全是哥的'辛酸史'。"

我："你是我亲哥！"

我哥："还兼职当爸爸。"

我委屈了："哥，我只是想出去走走。"

我哥："嗯，好久不去楼下公园了，我带你去逛逛。"

我："好……"

从北京回家的第一个年假，我哥去车站接我，腊月的天北风刮得特别狠，车站边上刚巧又在施工，虽然稍有保护措施，但还是尘土飞扬。

我哥看到我，老远就冲我喊："嘿！老弟，快张开嘴！"

我尝试张了张嘴，没觉得有什么异常，就问我哥："为什么要张嘴？"

我哥说："你看这天，到处是扬尘。"

我生气："那你还让我张开嘴？"

我哥："你不是总说在北京要吃土了，吃土了，看你一直没吃，就让你吃点家里的吧。"

我也是醉了……

回家的路上，我一路都在和我哥叨叨在北京的各种事情，各种忙碌。

我哥这会儿也不腹黑了，就在那儿玩着手机，"嗯嗯嗯"地回复我。

　　也不知道他听没听见去，我说："喂！哥，大半年不见，你就没什么工作经历分享一下？"

　　我哥关上手机想了想，说："没有，每天朝九晚五，上班，下班，上班，下班，偶尔碰到各领导说一句：'首长好！'"

　　我觉得无趣，说："你的工作好无聊啊……"

　　我哥反驳："哪里无聊了？我们都是在为人民服务，兢兢业业，造福社会。"

　　我说："反正我不喜欢，感觉你整天好闲的样子。"

　　我哥忽然一本正经地说："你舔过我吗？你怎么知道我是咸（闲）的？你怎么知道我不是甜的辣的？"

　　"……"

　　假期在家，我和我哥约好了和老同学见面，我哥说要先出去办个事，到时候可以在约好的地点直接集合。

　　我在家躺着玩手机，快到点的时候我发现我的眼镜找不到了，家里只有我一个人，只能自己着急地翻天覆地地找眼镜。

　　我哥给我发微信："你在哪儿呢？"

　　我边找边回复："在家。"

　　我哥："都几点了你还在家。"

　　我手残打错字回复："我眼睛找不到了。"

　　我哥："你讲鬼故事呢？"

　　我："……"

放假的时候最喜欢在床上躺着当咸鱼。

有一天中午，我哥躺在床中间，张开双臂双腿呈"大"字形惬意地躺着。

看我白了他一眼，他问我："老弟，知道我现在是什么字吗？"

我没好气地说："大！"

我哥说："不对，是'太'。"

我："……"

老虎不在家猴子当霸王

　　母亲大人作为一家之主，包揽了家里的大小琐事，每天起早贪黑，将家里收拾得井井有条，为我和我哥以及在外奔波的父亲竖起了坚实的后盾。

　　"上得了厅堂，下得了厨房；玩得转炒勺，打得过流氓"这句话，就是形容母亲大人的。当然，这里的流氓是指我们爷儿仨……

　　另一方面，我们爷儿仨在家对母亲大人也是唯命是从。

　　比如我，赶着饭点从外面回来，桌上正好是热腾腾的饭，在外面玩 High 的我早就饿了，当即坐下准备开吃。

　　这时……

　　母亲大人把筷子往桌上一放，问："洗手了吗？"

　　我点着头，赶紧答应说："对对对，洗手，洗手，现在就洗！"

　　洗完手刚坐下，母亲大人又说："回家换鞋了吗？"

我点着头，继续答应说："对对对，换鞋，换鞋，现在就换！"

换上拖鞋，再坐下，母亲大人又说："换了鞋不知道洗手吗？"

我只能继续点着头，嘴里说："洗手，洗手，再洗一遍……"

再洗完手我坐下后犹豫了一下，弱弱地问："我还应该做点什么……才能吃饭？"

我妈："自己想！"

我思考着。

我哥补刀说："我觉得你应该去先洗个澡，把自己捯饬得干干净净的，再来吃饭，这样就什么毛病也没有了。"

我妈冲着我哥："等洗完澡，饭都凉了，还吃什么？"

我哥瞬间低下头说："对对对……知道了……老弟赶紧吃饭……"

我爸在一旁一言不发，看似吃得斯文有礼，其实饭都快笑喷出来了。

所以问题来了，我应该再做点什么才能吃饭？

在母亲大人的各种条条框框下，我和我哥用尽了浑身解数，也摆脱不了她的"魔爪"。

就在我们都变得习以为常的时候，大二那年暑假，母亲大人忽然跟我们说："明天我要去一趟南方，见一个多年不见的姊妹，我准备在那边玩个十天半个月。"

还没等我们说话，她又对我爸说："冰箱里准备了不少饭菜，老顾你把他俩看好了，没什么别的要求，别让他们闯祸就行。"

我们都没有说话，暗暗地估摸着这件事。

如果把我们家比作一山，母亲大人就是这山中的老虎，老虎忽然说老娘明天要出山了，这让屈于"淫威"之下多年的众猴子做何感想……

所以我们爷儿仨集体沉默。

见我们沉默不语，母亲大人反问："还有问题吗？"

我哥赶紧接话说："没问题，妈！"

我接上我哥说："妈！你就放心去，我们两个都长大了，怎么可能随随便便就闯祸胡闹！"

老爸在一旁点着头，还露出恋恋不舍的眼神。

第二天，母亲大人真的收拾好了行李，出门去了。

我、我哥、老爸趴在窗户上往楼下看，只见母亲大人拖着行李箱，拦下一辆出租车，走了。

我说："咱妈……这就出去了？"

我哥："出去了……"

我爸："对！出去了！"

"欧耶！"虽然我们爷儿仨也不知道在欢呼雀跃什么，但心情变得莫名激动。

就在我们爷儿仨凑在沙发上，激动地讨论要搞点什么事情的时候，门忽然开了，母亲拖着行李箱进来，看也不看我们，径直地走向卧室。

我们爷儿仨早在开门的瞬间就变得正襟危坐，我推拥我哥上前，问："妈……你怎么……又回来了？"

我妈："忘了带上我和你姨妈小时候的照片了，"然后看了我们一眼，"你们爷儿仨都在客厅坐着干什么呢？"

我哥："呃……那个……"

我说："妈，你不在家，我们在商量着分工打扫卫生。"

"嗯！表现不错！"她夸了我们一句，再次出门而去。

"……"

傍晚五点，老爸收到母亲大人的短信："我准备上飞机了，两小时后到达。"

我们爷儿仨这才算彻底放松下来。

山东的夏季讲究的是撸烤串喝扎啤，大街小巷到处可见烤串的摊位。但母亲大人很注重食品卫生安全，坚决不同意我们夏天吃烧烤，所以垂涎已久的我们，决定第一件要做的事，就是向路边的烧烤摊发起进攻。

我爸："先来三十串牛肉！"

我哥："再来三十串羊肉！"

我爸："还有翅中鸡心牛板筋！"

我哥："再来点蛤蜊扇贝马哈鱼！"

我："扎啤也来上三扎！"

服务员："好，没问题……不过建议你们吃完再点。"

杯盘狼藉，酒至半酣时，我电话响了，来电显示"皇额娘"。

瞬间我整个人神经都绷紧了，赶紧跟我哥和我爸打手势："嘘……"

清清嗓子，接起电话："喂？妈，你下飞机了？"

"嗯，刚下飞机，你们吃饭了吗？"

"吃了，你吃了吗？"

"还没有，你们吃的什么？"母亲大人身在外地还不忘关心一下我们。

"吃的什么？"我看了看桌上的烤串，说："我爸炒了个海米油菜，凉拌了个黄瓜，凑合着吃了点，毕竟没老妈你炒得好吃。"

我爸和我哥点着头对我比画大拇指。

一辆摩托车"嗡……"从路边过去。

"我晕！"这是我当时心里最直观的心情。

电话里母亲大人问："怎么听着你不像在家里？"

"呃……"我迅速做出反应，"虽然不好吃，但老爸轻易不下厨，给老爸面子多吃了点，有点撑，现在在外面溜达散步。"

"不错，饭后多走走健康。"

"嗯……"蒙混过关，"那个，妈，还有事吗？没事你也快去吃饭吧！"

"行，没事了，就是简单地问问。"

"挺好的，拜拜。"

"拜拜。"

挂了电话，我哥说：“厉害了，我的弟弟！”

呼……虚惊一场。

平时放假在家，早上最多九点就会被母亲大人撵起来，根本不可能睡懒觉。

所以这次早在母亲大人出门的那一刻，我就已经把所有闹钟关了，再加上中午老爸不在家，所以我睡到天黑我任性！

昨天 High 了一夜，今天一觉醒来，已经是晌午十二点。

我戴上眼镜，看看表，挠挠头，一脚踢开身上的薄毛毯，把手机别在身上唯一遮羞的裤衩上，穿上拖鞋踢踏踢踏地走到客厅，伸一个懒腰，冲着正在看电视的我哥说：“哥，我饿了！”

我哥也不看我说：“叫外卖吧，点两份。”

我：“啊？你没做饭吗？”

我哥理所当然地回答：“老妈不在家，懒得下厨房。”

“那为什么我要点两份外卖？”

“因为我也没吃饭。”

“那你自己不会点吗？”

“我只会把这张照片发给咱妈。”

只见我哥打开手机相册翻出一张照片，照片上是我在四仰八叉地睡觉，与我同镜的还有挂在墙上的钟表，钟表显示时间：11 点30 分。

“好好好……我尿……我点……”

晚上老爸回家的时候，我和我哥正把脚搭在茶几上看《仙剑奇侠传三》。

把腿搭在茶几上看电视，这是母亲大人在家的时候做梦也不敢想的事情。

老爸进门后瞥了我们一眼，问："你俩干什么呢！"

我和我哥赶紧把脚拿下来，说："看电视剧。"

"那你俩脚刚刚放哪儿呢！"

"呃……那个……一不小心……"我和我哥面面相觑。

"那样看电视很舒服？"老爸问。

"还……行吧……"

"那我也试试！"老爸画风忽变，换了拖鞋，颠儿颠儿地过来和我俩挤沙发。

"……"

我们两个正无语，老爸已经窝进沙发把脚往茶几上一放，拿起遥控器说："不看这个，咱们看球！"

也不等我俩同意，把频道调成CCTV5，然后又问我哥："有没有做饭？饿了！"

我哥愣了三秒钟，冲着我说："老弟！叫外卖！三份！"

我："什么？"

我哥："赶紧的，不然发照片了！"

我："……"

心有不甘的我，偷偷拍下了他们两个窝在沙发将脚搭在茶几上看电视的样子，并表示："如果再威胁我，我将与尔等同归于尽！"

我哥不屑一顾，跟我叫嚣。

老爸边儿上拉架："你们俩同归于尽，别拉上我垫背呀！"

……

最后我们爷儿仨达成协议，停止互相伤害，轮流叫外卖维持生存。

另一方面，尽职尽责的母亲大人依旧会经常给我们打电话、发微信询问我们的饮食起居，所以我们爷儿仨编造了各种答案回复母亲大人。

"妈，今晚我们自己做了肉夹馍，还炒了一份土豆丝。"

现实：麦当劳。

"妈，中午我哥自己打的卤子，做的拌面，味道很不错。"

现实：武汉热干面。

"老婆，晚上我给这俩熊孩子做的清蒸鲈鱼，刚学的！绝对赞！"

现实：水煮鱼外卖。

母亲大人回复："哟！还学会清蒸鲈鱼了，做好了拍个照给我看看。"

看到这条消息，老爸蒙圈了……

然后老爸就和我哥怼上了：

老爸："都怪你，点什么水煮鱼，这下好了，怎么办！"

我哥："老爸你这就不对了，自己吹牛没边，怎么能怨我点菜，你要是说个西红柿炒鸡蛋什么的不皆大欢喜？"

老爸问："那现在怎么办？"

"要不百度个家常清蒸鱼给我妈发过去？"我想了想说。

"锅碗瓢盆，背景不一样呀。"我哥提出疑惑。

"你不是学过 PS 吗，先拿咱家的锅碗瓢盆拍个空盘，然后 P 上去。"

"呃……可以试试。"我哥犹豫着。

我爸干脆说了一句："不管了！死马当活马医。"

就这样，我们爷儿仨怀揣着忐忑的心情，用电脑做了一份清蒸鲈鱼。

良久后，母亲大人回复："看上去还不错。"

呼……又是虚惊一场。

就这样，我们爷儿仨一方面为所欲为地放纵，一方面又小心翼翼地回复。

在母亲大人外出第九天的时候，凌晨五点半，被老爸连拖带拽地从梦中叫了起来。

我一看钟表还不到六点，蒙眬地问："干什么呀……"

"你俩熊孩子快起来，你妈今天早上八点的飞机，让我中午十一点去接她，也就是还有七个小时你妈就回家了，赶紧和我打扫卫生！"

我和我哥几乎是从床上弹起来的。

我们简单洗漱了一下便开始分工打扫，相互指挥着：

"把垃圾丢了，还有外卖盒子也一块扔了。"

"把堆在衣橱里的衣服叠好，脏的扔洗衣机洗了。"

"把茶几沙发擦一遍，茶几上的瓜果茶盘摆正。"

"把厕所刷了，马桶里别忘了放上洁厕块。"

……

火急火燎地做完家务，等待母亲大人回家，这个心情有点像电视剧里迎娘娘回宫，说不出来的忐忑。

终于，母亲大人回家了。

一切似乎都相安无事，而且还给我们每个人都带了礼物。

直到晚上做饭的时候，母亲大人打开冰箱，问："老顾，这几天你爷儿仨吃的什么？冰箱里给你们准备的饭菜怎么一动没动？"

"呃……"三人面面相觑。

母亲大人觉得有猫腻，开始逐一盘问。

没一会儿，我们爷儿仨在母亲大人的逼供下就将自己的罪行一一坦白。

坦白完，母亲大人说："这才正常。"

我们疑问。

母亲大人："就知道你们爷儿仨没这么老实，老虎不在家，猴子不造反，这有违常理。"

我们："……"

好有道理，不明觉厉。

老司机，我就服你

说起来，我也是一枚老司机。

高考结束的那个暑假，母亲大人给我俩报了名让我们去考驾照。

在这之前，我深受好莱坞电影的茶毒，一直以为自己会像范·迪塞尔一样，能一脚油门上三百迈的时速，一转方向盘飘移三百六十度。

当然，我也曾幻想过我哥是保罗·沃克，我们两个会开着全球限量版的科尼塞克从智利的蒙特港一路奔驰到美国的阿拉斯加。

但理想是丰满的，现实是骨感的。

当我们来到练车场的时候我才发现，我们开的车是桑塔纳2000，练车的场地在偏僻的村庄，练习的项目是倒桩移库，在车上的大部分时间都是在倒着开车……

因为是暑假，烈日当头，四周无树荫，唯一可以躲阳光的地方，是练车场门口一个停放自行车的棚子。

车里如蒸炉，车外被暴晒。我们几个一起学车的全都在哭天喊地，说出来真的是一把辛酸泪。

练到第三天的时候，我屁颠屁颠地跑去问教练："教练，你说我们这么练车，什么时候才能修成正果？"

教练是个看上去很魁梧的大汉，一点幽默细胞也没有地跟我说："就你这细皮嫩肉的还想修成正果？不被太阳晒得修成黑炭精就不错了！"

我咧了咧嘴，实在不知道怎么接教练这句话，只好扫兴地回到车棚底下。

我哥看我垂头丧气着回来，以为我被教练骂了，幸灾乐祸地说："哟！怎么了？是不是被教练一顿骂？"

我白了他一眼，说："刚刚教练说你从远了看像一块黑炭精。"

我哥疑惑，问："什么意思？"

我说："没什么意思，就是嫌弃你黑。"

我哥反应了半天，掏出手机打开前摄像头瞅了自己一会儿，自顾自地说："我这也不黑啊……"

"嗯，不黑不黑。"我点头回应他。

管你黑不黑呢，忽悠你我开心了就好。

我们在练车场围着倒桩移库练了一个星期，蘑菇同学也报了名考驾照。

　　我和我哥高高兴兴地过去给跟她打招呼："好久不见啊，你这是也来晒太阳了？"

　　她没明白我俩的意思："什么晒太阳？我是来学车的。"

　　我哥一笑，装作很厉害的样子跟她解释："今日地面温度五十六度半，大气最高温度三十八摄氏度，"然后指了指脚下，"十点以后你躺在这个位置，到下午五点可烤至六分熟，应该凑合着还是可以吃的。"

　　我一旁搬了个小板凳静静地看我哥吹牛皮。

　　平时蘑菇同学挺聪明的，没想到这会儿反应特迟钝，还是没听明白，问："我为什么要躺在这里？还有就是躺在这里吃什么？"

　　我哥编不下去了，挠了挠头说："我弟说他要吃你豆腐。"

　　这下我同桌反应过来了，冲着我说了一句："顾合一，你个臭流氓！"

　　"……"

　　这转折我也是醉了……

　　后来我发现，蘑菇同学学车这段时间的反射弧一直特别长，用她自己的解释就是："一到练车场我就不自觉地紧张，一上车就紧张到分不清东西南北。"

　　在我和我哥把倒桩移库练得很熟悉了之后，教练看我们仨关系挺好的，就让我和我哥指导她。

　　这下我算是见识到了什么叫真正的马路杀手。

油门刹车分不清，撞杆压线乱挂挡，还听不懂指挥。

在一个向后右方倒车的地方，我说："这个地方向右打死。"

她抱着方向盘半天没动起步，过了好久才小声地问了一句："打死？打死谁呀？"

我哥在后座上坐着，偷笑着说了一句："向右打死，你说打死谁？"

她看了看坐在副驾驶上的我，一脸要不要把你打死的疑问表情。

"……"我给了她一爆栗，"向右打死，是'把方向盘向右打满至不动'的意思。怎么？你还真要打死我？"

她还点了点头。

我无语地说："你平时不是挺聪明的吗？怎么这会儿脑袋短路了？"

她弱弱地回复："我紧张，我尿。"

"……"

后来到了路考，可算是不用再倒着开车了。

当时教练给我们分了小组，四个人一组，我、我哥、蘑菇和另外一个人，我们四个一组。

轮到我们小组上车的时候，教练问："你们谁先开？"

我带着范·迪塞尔附体的自信，跟教练说："我我我，我先来。"

系好安全带，我又问教练："我可不可以开快点？"

教练指指我那被晒得黝黑的胳膊，依旧是非常不幽默地说："你这刚修炼成精，走还没学会，就想跑，怎么不直接飞呢？"

我"哦"了一声，默默地点火起步。

之后我一直挂着一挡开得特别慢，教练又说了："让你学走路走路，不是学乌龟爬，敢不敢开快点。"

我哥深谙我套路，在后座幽幽地说了一句："我弟等的就是这句话。"

知我心者我哥也！还不等教练反应过来，我就一脚油门下去，离合一踩，一档跳 3 挡，3 挡跳 5 挡，时速眼看飙到 80。

我哥在后面还特别配合，给我放 BGM：这是飞一样的感觉，这是自由的感觉。

教练在副驾驶座一脚踩死刹车，狠狠地瞪了我一眼："靠边停车！"

"哦……"我慢慢地在路边停下。

"下去！"教练那个脸，都耷拉到地上了……

我哥在后座哈哈大笑，教练扭头看了他一眼，说："你也下去！"

我哥："……"

教练看着在路边站着的我俩，说："在这儿罚站，站一上午，要是敢自己走了，以后就别跟我学车了！"

然后教练就带着蘑菇和另外一个人练车去了。

我跟我哥打趣："有难同当啊！"

哥："当你个棒槌，托你的福，这是幼儿园毕业之后第一次罚站！"

我："哦……"

但我挺开心的呀。

可能是因为对开车抱有幻想的原因，在整个练车过程里，我都学得特别快，往往是教练刚教了点什么，我就把一套完整地走下来。

科目二的主要练习项目是倒桩移库，教练说这个得练两周左右，结果我上车尝试了两轮，就把倒桩移库一套行云流水地完成了，我哥和蘑菇同学在旁边一直感叹："老司机啊老司机！"

之后几天我在练车场没什么事，就东指挥西指挥，还把蘑菇同学指挥到了坑里去。

教练看不下去了，说提前教我科目二的另一个项目：侧方位停车。

这个项目说白了就是把车竖停到空位上去，实用价值很大。

教练教的时候，大家虽然还没有练好倒桩移库，但是日复一日地在那里重复，大家早就厌烦了，都好奇地来看教练教我侧方位停车。

教练刚要说技巧，我站在停车位边看了看说："这个看上去挺简单呀！"

教练一听："呵！小子可以，那我不教了，你自己来！"

蘑菇同学在边上给我喝彩："老司机棒棒哒！"

我哥在边上看着点了点头。

全世界都在给我喝彩。

我上车、点火、拉手刹、挂倒挡、打方向盘、找好角度，让车子缓缓地进入停车位。

教练说："嗯，对，就是这样。"

然后我调整位置，找好方向，轻踩油门。

Duang，重重地撞在了模拟栏杆上。

我哥继续点头："嗯，看到你失败了，我也就放心了。"

教练："小兔崽子哎，你赶紧给我下来！"

教练心疼地看看车的后保险杠，又说："没有那金刚钻，就别揽那瓷器活儿，给我到太阳窝里站着！"

我："……"

现在想起来，学会开车已经五年了，成了名副其实的老司机。

但是我们拿到驾照之后，就各自去了外地上大学，我们的驾驶本也就成了老爸的扣分专用本。

后来过年回家，我和我哥商量着要去看电影，但那天寒风呼啸，便想开车去电影院。

老爸爽快，把车钥匙扔给了我们俩。

我哥说："学车的时候你一直是老司机，你来吧。"

我自然是不客气："好嘞！"

接过钥匙，依旧是熟悉的老一套流程，上车、点火、拉手刹、挂倒挡、打方向盘、找好角度，Duang，直接撞在了后面石头上。

我爸听到消息后马上下楼："哎哟喂，我的车啊……"

这个场面似曾相识。

我哥说："嗯，看你这个老司机还是当年的老司机，我也就放心了。"

我："……"

自从把家里车撞石头上之后，老爸就发话说不会轻易借车钥匙给我们了。

却不料刚说完这话没几天，老爸就要出趟远门，不是开车去，车钥匙就留在了家里。出远门的当天，老妈的一帮姐妹们打电话来说要聚会，还要带着我俩一起去。

三人以上出门，开车最为方便，老妈没有驾照，车是我哥开去的。

聚会时聊得开心，老妈和我哥兴致盎然，禁不住多喝了两杯，回来的时候把车钥匙给了我，两人就在后座睡着了。

回家后，我哥要继续睡觉，我说："先别，帮我找找我的眼镜。"

我哥一听，酒吓醒了一半："你眼镜呢？难道你刚刚开车没戴眼镜？"

我说："没戴，去的时候也没戴，难道你没发现？"

我哥酒醒了，摇着头，脸上一副"谢弟弟不杀之恩"的表情看着我。

我拍拍他的肩，说："没事，我近视也就两百度，戴不戴路都看得清，红绿灯也分得开，更何况我是老司机，闻着味都能回来。"

我哥："老司机，一会儿我要是想吐，墙我都不扶，我就服你。"

"……"

一直被嫌弃的我

和我哥比起来，我是做什么事情，什么事情都能被我搞砸。这一点爸妈早已是习以为常，在家很少安排我做什么，所以我一向是随心所欲，好吃好喝的都是我先来，操心劳累的根本不用我来管。

但我哥不行，他是那种事无巨细型的，饭要他来做，地要他来拖，衣服他来洗，少个螺丝换个灯泡也得他来修，我最多也就是在他身边给他点理论指导。

想让我去帮个忙？呵呵，我会翻个白眼告诉他，我屁股被强力胶粘沙发上了。

爸妈不安排我干活的另一个原因是：你哥做什么都比你做得好多了。

这里虽然是在夸我哥，不过我很受用，吃饭了喊我一声，吃饱了我继续看我的电视写我的稿，毕竟这待遇也不是谁都能享受到的。

但是偶尔特别忙人手不够的时候，我妈也会喊我，比如："合一，你去剥几瓣蒜给我拿过来。"

其实，我也是很乐于助人的，帮助他人会让我感到快乐，所以我大喊回复我妈："好嘞。"

然后就颠颠地往厨房跑。

在厨房找了半天，没找到大蒜在哪儿放着，原地转了几圈，刚准备问一下我妈大蒜在哪儿。我妈先说了："那个，合一，算了，不用你剥蒜了，也不知道你会不会剥，让你哥来吧，你自己玩去吧。"

看，不是我不想干活，是用不到我……

其实我也没我妈说的那么差劲，毕竟我会自己做饭，是收纳小能手，也会缝缝补补做女红，经常独自在外面生活，还把自己照顾得不错。

只是干活的时候吧，总是出现一些意料之外的事，让人始料未及。

比如有一次一家人看电视看得开心，老爸要我拿点吃的边吃边看，我记得冰箱里还有我哥冰镇的西瓜，我提议去拿。

夏天吃着西瓜，吹着风，一家人一起看剧也是一种享受。

电视剧中途有插播广告，出现广告了条件反射要扫一轮其他台来打发这段无聊时间。

结果，遥控器找不到了。

爸妈和我翻遍了客厅没找到。

天灵灵，地灵灵，我哥如此之淡定。

于是我一口咬定："你！是不是把遥控器藏起来了！"

爸妈纳闷，正要逼供。

我哥深深地叹了一口气，去厨房冰箱里拿出了遥控器。

我："说！你什么时候藏冰箱里的！"

我哥一个脑门弹过来，说："眼睁睁地看着你把遥控器塞冰箱里拿出了西瓜！"

唉？我有做过这件事吗？

我哥继续嫌弃："你说你还能干点什么活，当咱家冰箱是自动售货机吗？还得投遥控器才能出货！"

爸妈附议："你说你还能干点什么活。"

这只是个意外……

我说我还能干点什么活？

我一直觉得很多呀！做饭、洗衣服、拖地、修理什么的都可以，样样拿手！

平时我不干呢，是因为看我哥那么勤劳，不好意思和他抢活干。

不和他抢，不代表我不会，我只是在时刻准备着，万一什么时候我哥累了或者解决不了了，我就能在那关键时刻迎难而上，毕竟压轴的总是最后才上场的。

刚搬新家那会儿，老妈负责和地产商交接手续，我哥和老爸在新家拾掇搬过去的家具，我在旧家里看门，各有所职，通功易事。

我觉得，我完美地为家庭做了善后工作。

傍晚，一家人把活都做得差不多了，老爸提议再吃一次旧房楼下的全羊汤，说搬家以后就不会经常吃了，还提议让我买好顺路带到新家里吃。

全家举手赞同。

我很开心，守了一天的门总算可以吃饭了，哼着小曲，在楼下买了羊汤，没一会儿就到了新家。

我哥看见我问："羊汤呢？"

"唉？汤呢？难道放店里出门的时候忘了拿？"

"你说你还能干点什么活！"

又是这句话，我还能干点什么活，不过这次我很机智，反驳说："活都被我们干了一天了，它应该也会累吧。"

"……"

老爸白了我一眼，开车回去拿汤去了。

俗话说吉人自有天相，傻人自有傻福。

虽然我不傻，但作为一个经常活在梦里的人，找不到袜子、弄没了写字笔这都是常事。

有一次我又活在梦里把自己整天戴着的眼镜弄没了，我哥睡午觉，我在家里翻箱倒柜，吵得我哥在卧室睡不着觉，隔着一间屋子大声地问我："你干什么呢？"

我说："我眼镜又找不到了……"

我哥又喊："你摸摸自己脸，不会是又戴着眼镜找眼镜吧？"

"没有！你快起来帮我找找。"好吧，我承认之前做过这种糗事，但是我已经自摸过了。

我哥慵懒地说了句"好"，就开始和我一起翻箱倒柜。

洗脸的时候我会把眼镜放在洗漱台边上；

在客厅沙发上犯懒的时候我会把眼镜放在茶几上；

偶尔去厨房做饭的时候我会把眼镜放在抽油烟机上；

……

但这次就是没找到……

直到第二天我哥去倒垃圾回来，把眼镜给了我。

我已经一天没戴眼镜了，眼前一直模模糊糊，看到后赶紧戴上，大喜问："我眼镜什么时候掉外面了？"

我哥："掉外面了？明明就是被你扔垃圾桶里了，我眼瞅着垃圾箱里的眼镜，忍了三忍才捏着鼻子给你拾起来。"

这时候我就要摆出我的少爷架子来了："嗯，表现得很不错，本少爷记你一功！"

我哥："……"

毕业工作后，我到了北京，老妈常说："终于可以不用再为你们两个操心了，所以我和你爸准备趁这几年好好出去玩玩。"

虽已中年，但心有蜜月，是一种情调，我和我哥点赞。

于是，老爸老妈找了个时间，悄无声息地飞去云南了。

他们叮嘱了我哥一下，都没有跟我说，可能是觉得就算跟我说也没什么用吧……

我哥在家和父母常住，爸妈一走，我哥这个留守儿童在家待不住了。

大周末的，早上八点半给我发信息："在吗？在吗？在吗？"

手机硬生生地把我从梦中振醒，我说："喂！咱妈不是不在家吗？你怎么起得这么早，我还在睡懒觉呢！"

我哥："我也不知道，咱爸妈昨晚上坐飞机出去玩了，我竟然没熬夜，今天还起得这么早。"

我无语回复他："让我再睡会儿，你自己玩吧。"

中午十一点又给我发信息："在吗？在吗？在吗？"

我正在做饭，甩了甩手上的水给他回复："我在做午饭。"

我哥："自己做饭哟！了不起哟！我还没吃饭，要不你给我点个外卖？"

我无语回复他："我人在北京你在家，怎么给你点外卖？"

然后我翻炒了一下菜又回他："不行不行，我不和你聊了，我在做饭，这一会儿工夫都焦了……你自己玩吧。"

下午两点，我哥再一次发消息："在吗？在吗？在吗？"

我正在冥思苦想，给他回复："写稿子中。"

我哥："你怎么这么忙？我好不容易得空，你还这般不待见！"

我："呃……好吧，陪你玩一会儿。"

心里想着：只玩一会儿，一会儿之后，你自己玩吧。

开了微信语音，我刚要问我哥准备玩点什么，我哥就接了个电话，完事给我发微信："我要出去和同事 High 去了，你……"

……

后半句他没说，但明显就是在说："你自己玩吧……"

因为爸妈去云南也没跟我说，我也就假装不知道的样子，不打扰他们偷度蜜月，心想着玩得开心就好。

结果去的第二天母亲大人就邀请我微信视频，而且还是在我工作时候邀请的。

当时正忙，邀请被我秒拒。

然后母亲大人就开始教育我了："你个熊孩子，养活你这么大，也不主动给你妈打个电话，我打给你，你居然还敢不接！"

我汗颜，回复："妈哎，我上班呢！"

母亲大人继续嫌弃我："上班就不能接语音了吗？也不知道想着家里人，万一家里人有个三长两短，你知道吗？"

吓得我赶紧把电话打了过去："妈！你怎么了？"

"没事。"母亲大人接起电话，"就是我和你爸现在在云南，玩得特别开心，风景秀丽，招待周到，空气清新，吃住奢侈，还买了好多好吃好喝好玩的，回头带回家给你哥……"

"……"

一周后，老爸老妈回家了。

听我哥说刚下飞机老妈就给我打电话了，当时我在忙没接到电话。

忙完我给我妈回了过去："妈，你到家了？"

我妈上来又是嫌弃："我们到不到家，你也不主动关心！还得我主动打电话，你还不接！"

"工作原因手机静音没听到，安全到家就好。"

我妈："不听你嘴贫，赶紧把你地址给我，我给你邮寄点东西过去。"

我受宠若惊，咦？是好吃的好喝的还是好玩的？

但是我还是很镇定地说："要不还是算了吧，留给我哥就好。"

我妈："瞎客气什么？赶紧把地址给我！"

好吧，一家之主就是可怕，我挂了电话赶紧把地址发了过去。

两天后，我收到快递。

螺旋藻两盒，老妈留言说："北京天干雾霾大，螺旋藻能增强免疫力，注意身体健康。"

我感动得痛哭流涕。

感动之余越想越觉得不对劲，和我哥聊天的时候问了一句："咱爸妈从云南回来都买了什么？"

我哥："花茶椰糖茶花饼，果酒雕梅酸角糕……"

总之很多。

我问："那螺旋藻呢？"

我哥："什么螺旋藻？我不知道呀？"

果然，我感动得太早了……

没有什么比站在冰箱上更高岭的了，

如果有，那就是站在两个冰箱上，

如果还有，说不定是我高顶知了。

我想预见你，
然后主动遇见你。

我的坑哥日常

一直在被我哥嫌弃，忽然想起了一些我嫌弃我哥的细节。

我凭借小时候接触的二三乐理常识，学会了弹吉他，所以我一直觉得自己在音乐方面还是有一定天赋的，但我哥在这方面就没我这么聪慧，从他手机音乐 APP 的歌单就能看出来，全是郭德纲相声和一些出现在梦里的神曲。

高中毕业的那个暑假，我一放假就把家里雪藏的吉他翻了出来，顺手又在网上买了尤克里里，自学期间还把我妈的古筝学会了一二，那段时间，可以说我是在天天弹奏乐器。

但因为自学，再加上好久不碰难免生疏，所以偶尔也会制造出一些噪音。

尤其是在刚接触 He's a pirate 这个指弹谱的时候，我弹得可谓是乱七八糟，我哥在另一个屋子玩电脑，忍不了来怼我。

"弹得这么难听！你要造反吗？"

我白他一眼。

"还是你担心高考成绩太差，准备街头卖艺？"

我扫了一轮琴弦，淡定地对他说："No，No，No，我这是在陶冶情操，毕竟，我不想上大学后，有人在背后指着我说：'看，那个人除了帅一无是处。'"

我哥："……"

那段时间家里还买了新房，当时正在装修，虽说我和我哥也不懂得什么装修设计，但还是自告奋勇地提议说去帮忙。

去的时候只是毛坯房，看不出什么样式，请来的设计师也只是自顾自地在空中比画，记录在她的小本上，完全没有我俩什么事，我觉得无聊，就跟我哥说："你在这儿看着吧，我去找同学玩。"

我哥同意。

也不知道过了多久，我发了一条微信问我哥："怎么样了？"

我哥发了个 SOS 表情给我："救命！"

"怎么了？"

"救命啊，他们开始装修了，我在这里快要被甲醛熏死了！"

"呵呵。"顺手送他一个无知的表情图，"孤陋寡闻，甲醛是无色无味的，你闻到的那是苯。"

"呃……"我哥开始解释了，"刚刚我闻的苯闻多了，可能变笨了。"

"喊！"

"要不你来闻吧！肯定也会变笨！"

我拒绝："你继续在那儿看着吧，难闻就去透风的地方，苯和一些苯的同系物是我的过敏原，我拒绝接触。"

我哥："说得头头是道，好厉害的样子……"

我："那必然，我虽然对苯过敏，但我可不笨，刚下来的大学通知书，可还是一本录取！"

我哥："……"

有一次社区组织贫困山区爱心捐献活动，回家后老妈让我和我哥把我们用不到的生活用品、穿不上的衣服、不读的书等列一个清单，整理整理准备捐献。

整理完之后把清单给我妈。

事后，我妈按照清单打包行李的时候，大喊："顾合一，你过来！"

我屁颠屁颠地跑过去问："怎么了？"

我妈指着我的清单："这个'捐献顾知行一个'是什么意思？"

我有理有据："你不是说把家里用不上的东西都捐了吗，我就写上了。"

我哥："……"

老爸说：想要变得和我哥一样"高冷"，我得站在冰箱上。

这点我做不到，但我为了不被我哥一句话怼死，我也是使尽了浑身解数，甚至还百度了各种方法。

有一次我在网上看到一个命题，拿这个命题问我哥："哥，地上有一张五块钱和一张十块钱，你捡哪一个？"

我哥不假思索："十块的。"

我大笑："你傻啊！不会两个都捡？"

我哥挑了挑眉，说："地上有一张一千元和一张五千元，你捡哪个？"

我也不假思索："自然是都捡。"

我哥："你也傻啊，捡冥币吗？"

我："……"

当然，我哥一句怼死的，不仅仅只有我，身边的人同样也被怼死过。

比如有一次，大哈兄弟愁眉苦脸地和我俩叨叨自己生活的苦恼，边叨叨边说："这日子怎么过呀！"

我哥在边上玩手机，头也不抬回了一个字："熬。"

"……"大哈说不下去了。

我早就被大哈叨叨得耳朵起茧了，看到被我哥怼死了，对我哥说："可以！等白毛都不浮绿水了，我就服你。"

我哥继续头也不抬："你是白毛？"

"……"我也说不下去了。

傍晚吃完饭和我哥在外面溜达，忽然听到"警鸣声"。

说时迟那时快，我拉起我哥就开始跑，边跑还边冲我哥说："快跑！快跑！快跑！"

我哥被我拉着跑得一脸蒙。

跑到一个旮旯，把我哥拉着蹲下，然后冲他比画嘘的动作。

我哥站起来说："喂！你脑子有坑？"

我又一把拉他蹲下，说："你快藏好，没听到刚刚的警鸣吗？警察肯定是来抓你的，你做了什么坏事跟我说，我会如实举报你的！"

我哥嗖地站起来，说："脑子有坑是病，得治！"

我继续坑他："不要放弃挣扎，记得以后做一个好人！"

一辆救护车从我们眼前经过，响着我所谓的"警鸣"。

我哥鄙视我："连警车救护车都分不清，还在这儿演戏！"

"……"我停顿了一下，作势要哭，同时大呼，"哥啊！你到底得了什么绝症！不要放弃治疗啊！"

我哥："……"

我哥因为这件事一直嫌弃我是个戏精。

我为了不辜负"戏精"这个称谓，在一次和我哥去超市的时候，我推着购物推车，跟我哥说："哥，来车里坐，我推着你。"

我哥一脸嫌弃地丑拒了我，还问我："我为什么要去车里坐着？"

我指着旁边坐在购物车里的小宝宝说："你看，小宝宝都是坐车里的，你不是整天自称'宝宝'吗？快来车里坐，老司机带你飞。"

我哥："……"

完美坑哥的时候我也有。

大学期间，我哥来找我玩，我得空说要去一家特好吃的店请他吃饭。

那家店在一个商业综合体里，我哥不认路，只得跟着我走。

那家大型的商业综合体里到处都是电梯、直梯、扶梯。

我哥跟着我走，走到一个从一楼直达五楼的扶梯边上，我往扶梯右边一站，双膝并拢，微微弯腰，左手靠背，右手向前，摆出一副请的动作，嘴上说着："哥哥先。"

我哥看着我点点头说："嗯，好久不见还变绅士了，不过咱兄弟俩就不用这么客套了。"

说完我哥一步跨上了电梯。

等我确认他不能从扶梯上逆行下来后，就冲他说："咱们要去的那家店在一楼，就前面，我先进去坐坐，你一会儿自己来找我。"

我哥："……"

等我哥来的时候我菜都点好了。

我哥冲我说："见过坑爹的，没见过你这么坑哥的！"

耶!

我们也是养过宠物的人

　　小时候看电影《忠犬八公》，我和我哥被里面的秋田犬圈粉，特别想养一只小狗。

　　于是跑去跟母亲大人商量："妈，我们可以养一只小狗狗吗？"

　　我妈回答得当机立断："不行！"

　　我和我哥退而求其次："那养一只小猫咪可以吗？"

　　我妈用同样的语气："不行！"

　　我和我哥不开心，问："为什么？"

　　我妈回答："你爸说了，小狗小猫和你俩，只能养'一个'！"

　　在一旁听到了一切的我爸嘀咕了一句："这个锅我不背……"

　　我妈也跟着嘀咕了一句："老顾？你说什么？"

　　我爸立刻改口："这个锅我背，你俩和小狗，只能养'一个'！"

　　我和我哥："……"

在养宠物这件事上，我和我哥不仅没有放弃，还开启了奇葩宠物的饲养之旅。

养的第一只宠物是一只红色的鸭子。

是的，红色的，小鸭子。

那时候我俩还沉寂在不能养小狗小猫的沮丧中，放学回家的路上看到了一个卖小鸭的老汉，红的绿的紫的白的一大群，两块钱一只，毛茸茸的，禁不住它们可爱，我们两个就一人凑一块钱买了一只。

回家本来是想瞒着母亲大人的，谁承想它一回家就嘎嘎嘎叫个不停，不一会儿工夫，就被母亲大人从床底下找了出来。

母亲大人严肃："这是什么？"

"小鸭子。"

母亲大人继续严肃："哪来的？"

"路边买的。"

"为什么是红色的？"

我哥："不知道……"

我："天生的吧……"

然后母亲大人拿了一盆水把小鸭子放水里，没一会儿就褪色了……

"这样被染过的小鸭子一般都活不久。"说完这句话母亲大人就走了。

为了缅怀它的红色，我们给它起外号"小红"，谁承想，它活了下来，还长得异常快，没两个星期，毛褪了，个头也大了好几圈，天天嘎嘎嘎地叫，让人睡不着，就被老爸送去了老家。

后来无意间问了一句，老爸说："那鸭子呀，本来就是鸭厂的肉食鸭苗，老家的人把它养得又肥又胖，逢八月十五，就下锅炖了。"

第一只宠物就这么成了别人的盘中餐，说来也是悲伤。

母亲大人看我们养宠物的意志依然坚定不移，就给我们买了一只小乌龟。

于是我们的第二只宠物——巴西龟来了。

刚到家的时候，我哥就大喊："弟弟，是王八。"

"……"

要不是还有断句，我可能就要和我哥打起来了。

母亲大人说："这个比你俩好养活。"

"……"

亲妈哎，哪有你这么比较的。

老爸说："给它起个名吧，说不定以后抱孙子的时候还得介绍它是谁谁谁。"

一家人围着盆，看着龟正在思考，我哥说："叫它'小弟'吧，这样以后我们就有跟班了。"

"……"

禁不住脑补了一下：我哥抱着他儿子，指着乌龟介绍说："看！这是我小弟。"我侄子冲着他爹也就是我哥说："你这个当爹的混得也不怎么样啊。"

最终我哥还是把自己和王八划分为了一类。

这个"小弟"给我俩带来的热度没几天，因为它不动也不爬，不萌也不可爱，实在不知道能和这个"小弟"产生什么互动。

不过它也确实是陪我们最久的，我们后来的奇葩宠物换了好几波，它还在那个盆里趴着；家搬了两次，它在那个盆里趴着；盆老化裂了纹，它还在盆里趴着。

换盆的时候我哥让我去换，我趴在床上偷懒不去，他问我为什么，我说："我在学咱们'小弟'，养精蓄锐，准备长命百岁。"

我哥揪起我来就是一顿胖揍……

每次喂这只小乌龟的时候，我哥都带着一种大哥来巡视工作的气派，手背在身后，居高临下地看着它，还时不时用手指指，说："你看，小弟很老实，可以给它点吃的。"

"……"

后来我就放弃了养宠物的想法，或者说放弃了养这只乌龟的想法。但我哥和他的小弟玩得不亦乐乎，还培养出了感情。

在这期间，我和我哥因为某件事发生了点争执，他把我的一个小玩物藏起来不给我，我翻遍了卧室也没找到，情急之下，气冲冲地跑去阳台拿起小乌龟。

我哥一看，紧张地问："你要干什么？"

我威胁他说："现在你龟儿子在我手上，赶紧把我的东西还给我，不然我就撕票！"

本来我哥还挺紧张的，听我这么一说，反驳我说："养兵千日用兵一时，作为我的小弟，它是有为大哥牺牲的觉悟的，撕票吧！"

"……"

正在我无语的时候，老爸听见了我俩在阳台上的对话，问我们："你俩在阳台上做什么呢？拍警匪片吗？"

"……"

一次偶然的机会，老爸的同学送了一个鱼缸给老爸，准确地说那叫水族箱，还是很高级的那种。

这么贵的东西自然不能空放在家里当摆设，于是我们的新宠——热带鱼群来了。

像红绿灯、小蜜蜂、蓝宝石、孔雀鱼、清道夫等等，各种样子的热带鱼老爸弄了一群，在水族箱里花花绿绿的特别漂亮。

一开始我和我哥按照惯性还要给它们起名字，一如既往的"小"字辈，但很快我们就发现，它们窜来窜去根本让人分辨不清，最后干脆统称它们为"小的们"，颇有《西游记》里山大王的即视感。

那时候水族箱只有在高档的酒店里才有，还没有像现在一样普及到家庭，所以我和我哥带着那么一丢丢的自豪感逢人就说："我们家有海底世界，可漂亮了。"

最喜欢看的是喂鱼，看着老爸撒在水族箱里红色的小颗粒，看着"小的们"迅速聚拢扩散，非常开心。

水族箱放在家里的柜子上，鱼食放在水族箱上，我和我哥当时个头还小，踮起脚也没有机会亲自喂鱼。

但人和动物的区别是人类可以使用工具。

于是，我和我哥趁老爸老妈不在家，一人搬着一个小凳子，趴在水族箱上喂鱼，边喂还边很有气势地说："'小的们'，你们好好跟着老大我混，以后包你们吃好喝好的。"

我哥问我："它们需要喝水吗？"

我说："虽然不需要喝水，但可以给它们喝牛奶或者可乐呀！"

我哥说："说得对！我去拿。"

我拦住我哥说："下次，当大哥的不能惯着小弟！"

我哥点头。

最后把一包鱼食全喂了，鱼群们吃得干干净净。

我哥感慨地说："看它们这么能吃，肯定是以前喂得不够，把它们饿着了。"

等晚上老爸回来的时候，所有的鱼都翻了肚皮挂掉了，老爸顶着脑袋上的黑线，强行教育我们说："鱼不知道饥饱，你俩把它们都撑死了！还有！鱼不喝可乐和牛奶！"

"哦……"我俩无辜地表现出恍然大悟的样子。

"小的们"就这么"惨死"在大哥手下，现在想想，长这么大，在我手上累积杀死的鱼依旧没有当年被我撑死的多。

时至今日，你问我哥："你会杀鱼吗？"

我哥还是会回答："会啊，撑死它不就好了？"

后来，我们又先后养了螳螂、鹩哥。

螳螂是小学的最后一年，当时我哥 Get 到了一个新技能：自己抓宠物。

本来是想下河摸鱼的，没想到下河前，在河边的灌木丛里逮回来一只螳螂，绿油油的，特别大，按照"小"字辈，它叫"小绿"，放在了我爸的大榕树盆栽上。

螳螂为肉食性昆虫，因为眼睛的原因，只吃活物，所以我俩不得不每天放学后去草丛里扑蚂蚱。

这是我俩最接近大自然的一次行为，通过饲养"小绿"，我俩切身观察到了螳螂捕食、蜕皮、交配、弑偶、产卵、死去的整个过程。

鹩哥是巧合，天上掉馅饼什么的我们没见过，但天上掉下个鹩哥却是真的……

夏天开着窗，母亲大人嫌弃说进蚊子让装个纱窗，谁承想蚊子没看见，冲进来一只鸟，刚逮住的时候发现它翅膀有伤，母亲看它整体黝黑说这是乌鸦，有晦气。

但父亲看它眉眼处两鬓橘黄，科普了一下，才知道这是鹩哥。

按照我俩的"小"字辈定律，它叫"小黑"。

与"小黑"相处了将近一年，恰逢春夏换季，老爸说："鹩哥是南方的鸟类，一般都成对出入，虽不是濒危动物但其种群的数目也在逐年减少，这个季节放它回自然，它应该能找得到回去的路。"

于是，"小黑"在全家人的投票结果中被放回了自然。

这里不得不提"小黑"的声音，非常空灵好听，那时候总看电视里鹦鹉学舌，天真地以为所有的鸟都可以学人说话，因此还偷偷地教了它好久，让它说：哥哥是傻子。

被我哥发现后，我哥找到了他人生的第一句口头禅，反问我：你别是个傻子吧？

大学的时候，胡萝卜学妹养过一段时间的泰迪。

学校宿舍是禁止养宠物的，碰到学校查宿，她就会备好狗粮，把泰迪托付给我。

我总觉得胡萝卜同学有一语双关之意。

其一是让我吃狗粮……

其二是告诉我我过得还不如只狗……

她准备的狗粮是瑞士的进口狗粮，喝的都是特仑苏牛奶，每次看着狗粮我都有种想吃一口的冲动，我也试着喂过学校两块钱一根的烤肠和白水，这泰迪连甩也不甩我……

大家都是同类，为何待遇差距如此巨大？

更无语的是，我们舍友都认为自己还不如一只狗过得好……

胡萝卜同学问过我："师哥，你养过宠物吗？"

我很自豪地说："当然养过。"

胡萝卜又问："养的是狗狗还是猫咪？"

我说："都没养过。"

胡萝卜好奇："那你养的都是什么？"

我故意不说："我养过小红、小黑、小绿、小弟和小的们。"

胡萝卜抱怨说了一句："你们双子座的是不是不犯病不开心？

说人话！"

　　我说："小红是鸭子，小黑是鹩哥，小绿是螳螂，小弟是巴西龟，小的们是热带鱼。我的宠物大军是不是很壮观？"

　　胡萝卜："你这都养了些什么……"

　　嗯哼，谁说必须要养狗狗和猫咪才算是养宠物的。

要当海贼王的男人

从小到大，我哥一直拥有一颗宅男的心。用他自己的话说，就是"我宁可在家里蹲到天荒地老，也不愿意走遍天涯海角"。

当然，这只是我哥的个人夙愿，现实里的一切还得听母亲大人的指示。

母亲大人看不下去我哥整天在家里蹲着的样子，经常强制性命令我外出的时候带上他。

这让我内心非常崩溃，因为带着我哥就是个累赘。

有一年过年，我和同学约好了去电影院看电影，临出门的时候，母亲大人来了一句："把你哥也带上，臭小子已经一个多星期不出门了，带他出去透透气。"

虽然有种遛狗的既视感，但我还是很不愿意地回答："不行啊，我和我同学早就约好了。"

母亲大人："约好了也没关系，带的是你亲哥，没什么见外的，实在不行到了电影院把他扔一边，就算是你去约会也不耽误你事。"

这是什么逻辑？

我赶紧解释："我不是去约会……"

母亲大人不再搭理我，看了一眼我哥，他仍然对电视里的郭德纲相声恋恋不舍，能看得出他内心的拒绝。但母亲大人一个眼神瞪过去，他还是乖乖地换好了衣服，一副整装待发的样子。

我内心一百个不愿意地和我哥下了楼。

我哥问："天寒地冻的，咱俩怎么去？"

我一百个不愿意地回答我哥："开车！"

然后，我哥看我从车库里推出了电动车，问我："说好的老司机呢？"

我说："电动车也是车！"

我哥："你去约会你最大，你说是什么就是什么。"

我无语地看了他一眼："我不是去约会！谁规定看电影一定是去约会的？"

我哥伸手阻止："好好好，你别吼，我知道，你是要做'看电影的美男子'的人，我不打扰你。"

我："……"

被他这么说，我也没什么脾气了。

就这样，天寒地冻的，两个一米八的大老爷们儿挤在一辆小电动车上出发了。

骑到一半，我把电动车停在了路边。

我哥把头从大衣里露出来，问我："怎么停下了？"

我想也没想，说了一句："天冷起雾了，我擦擦挡风玻璃。"

我哥："喂……你在逗我笑吗？电动车你哪来的挡风玻璃？"

我摘下眼镜："喏，这就是我说的挡风玻璃。"

我哥："……"

我擦着眼镜，和我哥在路边你一句我一句斗嘴的时候，约好一起看电影的哥们儿大哈骑着电动车停在了我俩身边："哟！你俩大冷天的在这路边停着做什么呢？"

我哥指了指我手上的眼镜："擦挡风玻璃。"

我没好气地瞪了我哥一眼，跟大哈说："大哈，电影快开场了吧，要不你先走，别等我了。"

大哈点点头："还有十几分钟，我先走去买票，到了顺带给你俩也买上，你俩快点！"

看大哈走了，我哥小声地说了一句："果然不是去约会，原来是去搞基。"

我没搭理他。

"……"

后来，我通过写作赚取稿费，从某种程度上实现了经济独立的愿望，于是我有了出去旅行的想法。

在我产生旅行想法的第二天，我意识到一个问题：我没有孤身冒险的精神，也没有探究世界的追求，自己一个人出去旅行，感觉有点怪怪的。

但作为一枚资深的单身狗，没有和我同行的玩伴，所以我找到了我的宅男亲哥。

那天晚上，我拿了一把水果刀和我哥展开了关于旅行的探讨。

当时我哥在屋里看《海贼王》，我示意他暂停，问："哥，你对外出旅行有什么看法？"

"没兴趣。"他回答得干净利落。

"……"

一句话把天聊死，大抵也就是这样子了，可是我岂能就此甘心放弃？

我严肃地问："你就不能好好说一说自己内心对旅行这件事的态度？"

我哥歪着脑袋看了看我，说："'没兴趣'，这三个字就是我的心声，真诚而炙热的心声。"

我亮出了武器："那我非要让你用更真诚更炙热的心声回答这个问题呢？"

我哥看了看水果刀："呃……既然你诚心诚意地发问了，我便大发慈悲地告诉你，为了防止世界被破坏，为了维护世界的和平，贯彻爱与真实的邪恶，可爱又迷人的反派角色……"

我啪的一巴掌拍在我哥背上："说人话！别拿《宠物小精灵》里的台词糊弄我！"

我哥因为我的一巴掌整个人都坐直了，咽了下口水，说："你说出去旅行啊……我觉得旅行这件事，就是从自己住够了的地方到别人住够了的地方，吃别人吃够了的饭，喝别人喝腻了的水，再蹭蹭他们的 WiFi 看看快不快。"

我纠结地问我哥："难道你不觉得旅行是一件很幸福的事吗？可以看看外面的世界，听听别人的故事，感受各个地方的文化，还能吃一些我们吃不到的小吃。"

我哥呵呵一笑："老弟，大家叫你文艺青年不是白叫的。"

然后他示意我放下武器，拍了拍我的肩膀继续说："有名言曰：'凡出去旅行者，分四步，乃上车睡觉，下车尿尿，景点拍照，回家一问，啥都不知道。'"

"……"我心里默默地诅咒他早晚在家里宅得发霉，继续问，"谁说的名言？"

"网说的。"

"网是谁？中国电信还是中国网通……"

"都说过。"

我亮出武器。

"哎……老弟，有话你好好说……"

后来我们争论了很久，聊的话题也越来越偏，从旅行到梦想、到明星、到人生、到学习……

但聊到最后，我哥还是妥协了，因为我们聊到了动漫，我说："你现在正在看的动漫《海贼王》里，路飞他不就是在一直航海，这和旅行有什么区别？"

我哥想了一下，自言自语地说："好像有道理，路飞确实一直在航行征途，这么说我也应该就此出发！"

然后抬起头来冲着我说："好的，我答应和你出去旅行，毕竟我也是要当海贼王的男人！"

我："……"

天打五雷轰，简直就是现实版的《万万没想到》，没想到我哥居然在这么中二的理由下同意了和我一起旅行。

登泰山，赏月色

"俯首元齐鲁，东瞻海似杯。斗然一峰上，不信万山开。"

古人颂泰山的诗词千千万，我们身在泰山之脚下，岂能不登泰山，所以我把第一站设定为泰山，为的是拜一拜泰山娘娘碧霞元君，想的是看一看泰山日出一览众山。

但爬泰山和当海贼王着实是背道而驰，我哥不乐意了，来找我反抗："我表示不想去泰山。"

我冲他和蔼一笑："这已经由不得你了，车票、住宿、门票、行程我都已经安排好了，箭在弦上，不得不发。"

我哥开始耍赖皮了："反正我不去，你找别人吧，实在不行退票，我给你补差价。"

我早有准备："可能不行了，我之前已经和妈说过了，咱妈说你难得有出门的觉悟，这次听说你要爬泰山，甚感欣慰，不仅赞助了经费，还叮嘱我让咱俩一人给她求一枚平安符来。"

"那你帮我求不就可以了。"

我一摊手："拒绝。"

"那为什么我们要去爬泰山？"

我："俗话说'站得高，看得远'，所以我想先站得高点，看看以后咱们可以去哪些地方。"

我哥不说话。

我心里倍儿爽，反问："是不是有一种信了我的邪的感觉？"

我哥："……"

我和我哥是暑期游，所以自然是夏天。

按照旅游攻略，想要看到日出，需要在傍晚时分上山。

夏季登泰山，要避免直晒，日落时分上山最佳，同时需备足充分的饮用水。

海拔每高 1000 米，平均气温降低 6 摄氏度，泰山高度 1524 米，比山脚气温低 10 摄氏度左右。

另外登山时请务必购买登山拐。

看着攻略，综合我们的目的，我把我们的上山时间设置为下午五点。下午四点半，我带着我哥来到山脚下的一个超市买水。

当时我买了十二瓶水，装在提前准备好的小旅行包里，另外每个旅行包里都有一件我提前准备好的大衣。

像我哥这种家里蹲小能手，自然不明白为什么要半夜上山，也不明白我为什么要买这么多水，就在旁边一个劲儿地嫌弃我脑子有坑："你说你是不是傻，半夜三更上这么高的山，这泰山山高路陡的，你黑灯瞎火在半山腰一脚踩空，咕噜咕噜往下滚也得滚半天才着地。"

我不禁感叹他脑洞太大。

"半夜上山也就算了，你还背着这么多水，你不是物理挺好的吗？难道你忘了质量越大重力势能越高？或者你这是要负重体能训练？"

我仍旧没搭理他，扔给他一根登山拐。

登山拐一般都是竹子做的，一头被磨得很平圆，一头有个弯钩方便握住。

我哥又感叹了："这玩意儿？难道是半夜脚踩空了，往下滚的时候用来钩住旁边的树木的？"

……

这一瞬间，我是真盼着他一会儿从半山腰滚下去。

站在泰山脚下，把头仰到 75 度也看不到山顶，我哥有点泄气，问："这山这么高，咱们要什么时候才能登顶啊。"

看他这么泄气，我鼓励他，说："别看这山高，只要有向上的心，分分钟到山顶。"

谁知我哥掏出手机，打开钟表 APP，说："开始吧，你现在还有 116 秒。"

"……"

开始爬山后，我哥的表现极其言不由衷，嘴上说着一百个不愿意上山，脚下爬得比谁都快，还坚决不要我给他买的登山拐。

偶尔间歇性地停下脚步从上方俯视我，高傲的样子让我只能看到他的两个鼻孔，我想可能是从小到大我一直比他高三公分，这会儿终于比我高，找到优越感了。

后来就把我甩得没人影了……

本来喊着我哥出来旅行为的是结伴而行，现在却还是我自己一个人，嘴里嘀咕着诅咒我哥，一步一个脚印地往上爬。

从上山开始大约三个小时后，我在一棵迎客松下面再次看到了我哥。

他正在迎客松下的大石头上坐着，手里拿着喝了半瓶的矿泉水，嘴上喘着粗气，满头大汗地看着我说："老弟，这山有点高啊！"

我也停下喝了口水说："嗯，是啊，比你高。"

"……"我哥愣了一下，说，"把我的登山拐给我吧。"

"你不是不要吗？"

"我现在要不行吗？"

"没问题，一百块。"

"什么？山脚下五块钱一根的登山拐你问我要一百？"一波成功的反击让他一度怀疑站在他眼前的是个假弟弟。

"只此一根，爱要不要，一会儿我还得涨价。"我一副无赖样儿跟他说。

"好好好，给你给你。"我哥老老实实交钱。

花了一百从我这买了一根登山拐，一起往上爬了半个小时，遇到一家小商店，老板喊着："登山拐嘞，登山拐嘞，十元一根，十元一根！"

我哥看了看那老板，又看了看我，一脸要凌迟了我的表情。

晚上九点左右，我们到了中天门。

可能夏天真的很少有人爬泰山，所以这里也是零零星星没有几个人。

我和我哥随便找了一个小摊位坐下，想休息一会儿，老板见我们不点吃的也没有赶我们走。

在出行之前我没注意日期，所以不知道那天正好是农历十五号，抬头看天时才发现，一轮皓月当空，把夜照得澄明，天干净得只留下月亮边上的一抹云，我拍了一下我哥示意他抬头看。

他仰着头微眯着眼睛，盯着月亮看了好久，像生怕打破什么一样小声地说了一句："好美啊。"

我点着头，也小声地说："嗯，这就是外面的世界、别人的风景和不一样的感触。"

"嗯。"

我们也不知道盯着月亮看了多久，尝试把月色拍下来，奈何手机的像素太低，直到仰头看到脖子有点酸了，才收拾了一下准备继续上山。

中天门后温度就开始凉下来了，之前在山下买的水也喝得只剩一瓶。身上没有了负重，也不再大汗淋漓，打着手电，挂着登山拐，终于在晚上十一点半兵临十八盘下。

十八盘，上南天门的一劫，1827 个台阶，超过 70 度的倾角，在不足一公里的长度中上升四百米的高度。

我抬头往上看着，说了一句："居然这么高。"

谁知道我哥在旁边舞着登山拐说："20 个台阶一层楼，折合一下也不就 90 层楼嘛！敢不敢一口气爬上去？"

不就 90 层楼？他哪儿来的勇气说这句话……

我本来不想理他的，但一抬头看到我哥在藐视我，心里不爽，一咬牙说："爬！"

一开始我还是数着步子往上走，但数到两百多就已经数乱了，大约又向上走了两百台阶，大腿开始酸痛。

我哥一直在我前面比我高出一个台阶，我一只手挂着拐，一只手敲着腿，喘着大气喊我哥："喂！哥，拉我一把！"

我哥喘着粗气回头看了我一眼，没说话，向我递出了一只手。

剩下的一千多个台阶我也忘了是怎么上去的，不过我们确实是一口气上了南天门。早在走到三分之一的时候我们的腿已经非常酸疼了，但我们两个一直用臂膀互相支撑着彼此，又用登山拐在我们两侧一起向上用力，步调一致，步速一致，向上看着，一步一步地，一直到我们看见了南天门。

那一刻我们坐在南天门下，十八盘上，莫名其妙又心领神会地笑了好久。

那一刻就觉得，人得向上走，一直走，我世界总有一个你，愿意和我一起走。

我们在台阶上坐了好久，笑了好久，也庆幸了好久。

庆幸是现在是夏季，庆幸现在是半夜三更，庆幸附近没有人，庆幸没人把我俩当神经病。

山顶的温度有点低，纵然穿着大衣，还是有点发抖，所以我们上了南天门后在"天街"的石坊下租了一个帐篷，在里面能遮住山上的清风，感觉又累又困，没一会儿就在帐篷里相互靠着睡着了。

后来帐篷外有人经过，听到有人在念诗"天街小雨润如酥"，才发现外面已是晨光熹微，于是赶紧喊我哥起来，拽着他还了帐篷，奔向日观峰看日出。

或许日月之辉不可同观，昨晚还是月色澄明，现在已是乌云密布，不仅日出不见，还下起了淅沥的小雨。

但旅行的意义不在于去了哪里，而在于和谁一起，经历了什么。

所以我很满足。

后来我俩带着睡意下山，途中在一个小摊边用十五元买了一桶泡面，又用五元买了一碗热水，两个人凑在一起你一口我一口吃了一碗泡面，边吃我哥还边抱怨："看！这就是你说的体验一下别人的生活，吃一下别人不一样的美味！"

回家后我们两个腿疼了一个星期，基本就是扶着墙行走，老爸看见我俩，调侃我们说："你们两个出去是不是吃霸王餐被人打了？"

总之这就是我们俩第一次出去旅行，时间不对，准备不足，没看到日出还筋疲力尽，瑕疵诸多，但时至今日，记忆犹新。

一起去海边玩吧

为了完成我哥的海贼王之梦，我决定出海，和我哥去一个岛上玩玩。

最开始，我是打算去日本广岛的，想去看一看在海面上的大鸟居，在濑户内海边上借宿一间公寓，吃吃海鲜，坐坐游轮，有时间也可以去看看广岛的和平纪念公园祈求一下和平。

虽然不会日语，但想着有我哥在，我也不会无聊。

这个消息跟我哥说了之后他也异常兴奋，毕竟这次的目的地有海、有船、有日文，是最贴近《海贼王》故事背景的。

虽然说是穷游，但手上的经费还是有点紧张，俗话说"穷家富路"，所以我们两个去找老爸求助。

当我俩支支吾吾地说出我们的困境的时候，没想到老爸爽快地答应了。

准备去旅行社对接资料的时候，我发现护照出了一点问题，于是我和我哥去公安局出入境管理部门采集资料，让老爸帮忙去旅行社先做交接。

回家后，老爸跟我们说："也没有多么贵嘛，都帮你们搞定了，还给你们在岛上订了农家屋，靠海，双人房，两天三夜。"

"嚯！老爸阔气！"我哥竖起大拇指。

我觉得有疑问，按理来说是要审核的呀，没有本人护照怎么可能直接搞定？但看着老爸和我哥都这么开心，我也就什么都没说。

结果到了出行的那天，老爸说开车送我们，然后我们来到了旅行社的集合大巴上。

集合大巴！

为什么是大巴？为什么不是飞机？

我问我爸："爸，我有个问题不知当讲不当讲？"

我爸："嗯？你说？"

"为什么旅行社没要我们护照，出国也没做资料审核？"

我爸："他们没说要护照啊，还要出国？"

"……"我就知道要出事，"你是怎么和旅行社说的？"

我爸想了想说："当时我到旅行社的时候忘了你们要去哪儿了，就记得要去一个什么岛，我寻思着这附近能旅游的岛也不多吧，就跟他们前台说我两个儿子要去个什么岛上去玩，然后那个前台就问我：'是不是那个什么岛？'我一听，两个字的！对上了！然后就给你们填了信息，他们还推荐了自助游方向，我看了看就给你们订了农家屋，还是最好的！"

别人都是坑爹，我这被爹坑也是心累。

我只好问："这附近……到底……有什么岛？"

这时司机来了，大喊："烟台长岛三日游，准备出发，集合上车！"

就这么的，日本广岛游成了烟台长岛游……

再看我哥，他脸上的表情有点凌乱。

长岛……广岛……

想了想，我还是拉着凌乱的哥出发了。

总之都是岛，反正都要出海，流程上都有游轮，没有日文，但就算有我们也听不懂，看不到大鸟居，说不定能看到别的。

更重要的是不能退钱……

在路上，我临时补充了一下关于长岛的旅游攻略，毕竟，我不能指望我哥这种宅男来带路。

大巴上我翻着手机看攻略，我哥在旁边抱怨了几句，见我不怎么搭理他，就自己睡着了。

我攻略看得差不多后，看到我哥在旁边睡意阑珊，让我想起了他说的"上车睡觉，下车尿尿，景点拍照，回家一问，啥都不知道"。

于是我从包里翻出风油精来，无论去哪儿，防患蚊虫这个是必备的，尤其是夏天。

然后我在我哥鼻下人中的地方滴了几滴。

没一会儿，我哥深深地倒吸了一口气，眼睛瞪得老大跟我说：

"刚刚我梦见有一阵大风，嗖嗖地一直往我鼻孔里吹！"

我尽量露出慈祥的笑容点点头："都是噩梦，没事。"

我哥用手搓了搓鼻下没发现什么异常，我跟他说："旅行呢，路途也是风景，看一看窗外吧，农田、耕作、高速路，也蛮好看的。"

"嗯。"

司机开车有点猛，车上一共十几个人吐了仨，四个半小时，我们到了长岛边。

自由行，旅行社只负责接送，叮嘱好集合的时间，给了我们登岛的游轮票，就解散了。

于是，我和我哥决定先吃点东西。

靠海自然是要吃海鲜的，因为之前要去广岛，现在在长岛，所以手上经费宽裕，我跟我哥说："放开了吃！"

在一家小店，我哥兴致勃勃地点了一份鲜咸醉蟹。

醉蟹上来的时候，我哥也不客气，说了句："尝尝鲜！"

拿起来开壳就咬了一口。

脸上闪过一下狰狞的表情，然后变得很享受。

我看着奇怪，问："怎么了？"

我哥："你快尝尝，特别好吃！"

我其实早就饿了，也拿起来咬了一口。

这下我明白我哥为什么狰狞了，这蟹子是咸蟹子，而且特别特别特别的咸！按理这是要当小咸菜配合主食一起吃的，结果这家小店当菜上。

我哥在旁边吐掉了嘴里的蟹子，一边笑我，一边喝水说："齁死我了！哈哈哈哈哈！齁死我了！你齁吗？哈哈哈哈哈……"

"……"

出门没看皇历，先被爹坑又被哥坑……

可能是旅行社克扣了福利，上了游轮才发现这也太简陋了，或者说这根本不是什么游轮，就是普通的仓储船，而且噪音很大。

但对我哥来讲，这好歹也是艘船，所以检票之后，我哥直接就奔向了甲板。

我在外面待了一会儿，觉得海上的风太大，就问我哥："进舱吗？"

我哥看了看我，问："什么？"

好吧，风加噪音，是有点听不清，我指了指船舱，自己进去了。

大部分游客都是简单地拍了几张照片就回舱了，我哥是少数几个坚持待在甲板上的人。

快靠岸的时候，我哥才进舱。

他头发的自然卷是大卷，以前我爸店里的理发师推荐他留中长发，所以他一直留着，还有刘海儿，平时是挺好看的，但是被海风吹了半个小时后，已经成了狮子头。

他进舱的时候可能也觉得自己发型怪怪的，就稍微捋了捋自己的刘海儿，这不捋不要紧，一捋就成了杀马特。我憋着笑了半天，想了想没提醒他，毕竟《海贼王》里除了主角，其他人物的发型也都别具一格。

我哥来我旁边坐下，递给我一只耳机，里面是奇怪的纯音乐。

我问："这是什么？"

我哥："《海贼王》的 BGM。"

"哦。"听着这激情的 BGM，看着我哥那惨不忍睹的杀马特发型，画面美如画。

岛上两天三夜，背后有山，面前有海，生活平凡自在。

老爸给我们约的农家小屋，是一个离海边很近的平房，房主是一对夫妻，已经忘记了他们的样子，但记得他们很恩爱。

晚上跟房主聊天，他给我们讲：

这里只有渔业和旅游业。

有野心的年轻人全都离家去了城市。

老人和孩子把这里的生活过得很慢。

岛上的电全部依靠风能转化，所以没风的时候断电也是正常的。

岛上的水大部分来自身后的那座山，不存在旱季，但偶尔也需要外界帮忙运输水源。

岛上的油很贵，因为只能运输而来，所以出租车从来不打表，都是上车前和司机师傅喊价，当然，想喊价的前提是找得到出租车。

岛上一年四季澄明，天不是被风吹得特别蓝，就是雨下得特别大。

岛上的人吃鱼，所以海鲜便宜，家家院中开块地，果蔬自给自足。

一瞬间，就觉得这就是《桃花源记》里所谓的怡然自乐。

临睡前，房主还说："长岛有公园，有景区，但不及我家门口的日出一半美。明天天好，想看可以喊我们。"

我们应了。

看了两天日出。

吃到了刚刚捞上来的牡蛎。

逛了逛小岛上的夜市。

我还钓了一下午的鱼，不及我哥用网捞上来的沙丁多……

节奏很慢，时间很快，有点幸福，两天三夜，转眼即逝。

其间，我们去了长岛的夜市，挤进了小摊小贩的人群，看着贝壳铃铛，听着海风徐徐，各种海产品的零食，加上海风带来的咸咸的味道，让人垂涎欲滴。

还有很多类似套圈的游戏，我看中了套圈地摊上的一个纪念品，老板说不单卖只能套。

二十元一轮，一轮二十个，我决定来一轮试试。

一摸口袋发现钱包没带，伸手问我哥要，我哥打击我："快走吧，别傻了，这种东西怎么可能随便让你套中。"

我坚持要试试，说："万一中了呢。"

我哥给我二十块钱说："好，不撞南墙不回头，套中了我现场表演吃纪念品。"

我一笑没理他，一会儿工夫，二十个投中了八个。

我哥在旁边看着尴尬，我说："三年的定点投篮不是白练的，来，先把这个玻璃球吃了。"

我哥干咳两声："这么多人看着，要不还是算了吧？"

我说："好，那再让我玩二十块钱的。"

我哥："……"

摊主无奈说："我这是小本生意，纪念品便宜卖给你，可不可以别玩了？"

我："……"

最后一天告别时，房主请我们吃了一顿生鲜。

代鲍切片，果蔬切丝，配了一份沙拉酱，房主说："这个来源于自然，做法简单，但很好吃，你们可以尝尝。"

我哥大拇指比赞，筷子夹起代鲍就吃。

我白了他一眼，说："这个不是让你直接吃的。"

说完我夹起代鲍片，放上果蔬丝，卷起后蘸了一下沙拉酱，咬一口说："这么吃才对。"

房主看着我笑着点了点头。

我哥嘴里嚼着代鲍，想了想，然后又吃了几口果蔬和沙拉酱，咽下去说："没事，我在嘴里把它们卷起来了。"

我："……"

房主说："你哥也是很幽默。"

虽然广岛变成了长岛，但结果非常满足。

经历很短，十分享受。

归途的大巴上我哥又睡着了，我和旁边的哥们儿有一搭没一搭地聊起来。

我说我俩是双胞胎。

他说你们两兄弟感情真好。

我说我们本来打算是要去日本广岛。

他说去日本签证好麻烦，需要好多个人资产证明，十万元的存款证明原件，房产、车产证明等。

我这才恍然大悟，之前我还拍着胸脯说做好了万全的准备，却没想到仅凭我手上的那点稿费，是连签证都办不下来的。

母亲大人手握家里的财务大权，要出国必须求助老妈资金支持，母亲秉承穷养儿的观念，十有八九不同意。

或许父亲知道这样的结果，所以选择了一个相似度极高的地方让我们去旅行，不扫我们兴，不做多余的事，还帮我们做好准备让我俩能开开心心地玩。

这么想来，大智若愚说的便是父亲了。

江南的烟雨长廊

作为一个文艺青年，我小时候经常写写诗歌，编编故事。

所以学校里逢年过节举办的那些大的小的有的没的的作文比赛，老师都会给我报个名。

作为一个从小生在北方的糙（xiao）汉（qing）子(xin)，我没见过江南，没走过长廊，却总是在比赛里写青石板街，写烟雨小巷。

初二那年，一不小心，我获奖了。

奖品是学校小卖部五块钱一个的本子，颁奖的时候，我要发表获奖感言。

发表获奖感言时老师问我："你一直对南方情有独钟，写南方也很有味道，所以我想问一下顾合一同学，你是不是出生在南方，现在在用记录的方式回忆你的童年？"

我干净而利落地说："不是。"

老师又问："那你是不是去过南方的某个城市，对那里念念不忘？"

我又说："没去过。"

老师有点尴尬，又问："既然毫无经历，老师很好奇你是怎么写出南方风情来的？"

我非常非常耿直地说："电视剧里看到的。"

老师："……"

当时大概是我哥附体，我成功地把获奖感言聊死，得以提前下台。下台的时候我意识到，我以后得去南方看看，看看那里是否是我写的样子。

时隔七年，我终于又记起了这一茬儿，所以我把第三次出行的目的地设定为上海和浙江，准备去看上海的弄堂，看东方明珠；去浙江的西塘，感受烟雨长廊。

毕竟这些都是那些年我写过的。

可我哥不同意，这都是第三年了，他的中二气质依旧不变，还惦记着《海贼王》的事。

我说："去南方是我初二那年获奖时定下的目标，我要去圆梦！"

我哥问："初二？你还获过奖？我怎么不知道？"

我说："胡说！当时我获了一等奖，奖品是个本子，爸妈为了统一咱俩的文具，还让你去小卖部自己买了一本。"

我哥恍然大悟："哦！对对对，我想起来了，就是初二老师让你去参加的那个作文比赛是吧？"

我点头："嗯。"

我哥："这你还好意思提，那比赛参加的也就五个人，还有一个没交稿，一、二、三等奖设了六个都没颁完。"

"……"既然你无情，休怪我不义，我说，"这不重要！"

我哥："那什么重要？"

我说："重要的是，我们要去哪儿，你只能发表意见，发表完也没什么用。"

我哥："……"

一千三百多公里，历经四个半小时，带着几件换洗衣服，我和给我讲了一路郭德纲相声的我哥在上海虹桥站下了车。

刚出车站，我哥就露出了对陌生地方茫然的表情，宅男属性毕露无遗。

我说："路线我查好了，跟紧我别走丢了，咱们先去宾馆。"

这种情况下我哥依旧要保持"高冷"的样子，冲我挥挥手，意思是"带好你的路，别说话"！

我调戏他："哎？你怎么不唠叨相声了？"

虽然他现在分不清东西南北，但当真不妨碍他闷骚，也不正面回答我的问题，淡淡地说："饿了。"

"好好好，吃饭！"然后我开始带着他在虹桥站瞎转，他就在后面跟着，转到我都快没方向感的时候，我俩选择了肯德基。

肯德基没什么人，来到台前，我一激动就说了一句："来份大可和薯条，薯条不加冰。"

服务员茫然："什么？先生您说什么？"

我哥在边上特别慵懒地说："他说他要一份大冰，不加薯条。"

我："……"

没想到这个服务员也是个段子手，说："大冰在山东，不卖薯条，据说是个野生派作家，这里是火车站，买票去山东挺方便的。"

棋逢敌手的我哥："……"

在去宾馆的路上我一直跟我哥叨叨，说：

"怎么样？出来长见识了吧！"

"知道什么叫山外有山，人外有人了吧？"

"你再怼啊！你怎么不说话了？"

我哥一路沉默，直到我们到了宾馆。

我们都是暑假游，天非常热，一到宾馆我就打开了空调，趴在床上，我脑洞大开地问："哥，你说南北方夏天都有空调，但是冬天南方却没有暖气，天冷怎么办？"

本想我哥在成都上学，又是文科出身，会说什么"我国夏季南北普遍高温，冬季南北温差较大"之类的话。

谁知他却说："南方冬天不需要暖气，其实北方也不需要。"

我疑问："为什么？"

我哥说："因为有我。"

"什么意思？"

"因为我是暖男。"

"……"

一晚的休息整顿。

没有刻意安排，只在上海逗留一天，只去耳熟能详的几个地方。

感觉上海这座城市比我想象中的更平易近人，不像北京、济南那样到处都是八车道的马路，也不像小县城那般百度地图都找不到方向。

车辆不是在头顶的天桥，就是在脚下的隧道，打出租车很难看到街道两边的橱窗，更多的时候都和楼顶平行。

我们选择步行，在接踵摩肩的外滩和东方明珠合影，边上的人说着各个国家的话，和我们做着同样的事：拍照，嬉笑，坐渡轮。

我刻意地和我哥走过几个弄堂，匆忙拥挤，很是平凡，但其中的生活，当年我可能仅仅写出了它三分的味道。

到处可见小吃门店，有来自全国各地的风味，我哥走累了，想吃点东西，抬头看见了一家店，名叫：老北京铜铁菜。

我哥说："要不选这一家？"

我说："不好吧……在上海吃北京菜……"

我哥说："这你就不懂了，知道为什么叫铜铁菜吗？"

我问："为什么？"

我哥大拇指一竖："铜铁铜铁，说明这件店的菜就是硬，地道！"

"……"

他继续自顾自地说："你知道什么是硬菜吗？"

我配合他问："什么是硬菜？"

我哥得意地说："蒸羊羔儿、蒸熊掌、蒸鹿尾儿、烧花鸭、烧雏鸡、烧子鹅、炉猪、炉鸭、酱鸡、腊肉、松花、小肚儿、酱肉、香肠、什锦酥盘儿、熏鸡白脸儿、清蒸八宝猪、江米酿鸭子、罐儿野鸡……"

"停停停停停停停停！"我一口气喊了八个"停"他才收住嘴。

相声听成这样也是入魔了，实在耐不住我哥再叨叨什么是硬菜，就选择了这家店，进去后才知道这其实是北京的铜锅涮肉，大夏天的要在上海吃了一顿北京火锅，简直信了我哥的邪。

我哥看着菜单说："这怎么和我背的不太一样？"

一样才怪！

匆匆和上海告别，转车到浙江嘉兴。

去西塘看烟雨长廊。

刚到嘉兴市嘉善县的客运总站，就碰到了各种发传单的小贩：旅游攻略的、拼车的、住宿的、餐饮的，甚至是拉客的小单子层出不穷。

小贩们都在一个劲儿地往我哥手里塞传单，但没有一个人给我。

我哥有点反感，我有点庆幸。

我问我哥："哎，你说，为什么发传单的总是给你？"

我哥一笑："可能是我帅得令人发指（纸）吧。"

"……"

计划要在西塘留宿一天一夜，投宿的地方是一个叫"梅花三弄"的客栈。

我哥触景生情，说："此处颇有古韵，可以小酌两杯。"

难得他有要求，还一本正经，我们就在客栈门口的酒窖里打了八两桑葚桂花酒，酒窖的小二说："这就是自家酿的，度数虽高，但不醉人。"

旁边店里有卖盐焗虾和荷叶粉蒸肉，可以做肴。

客栈老板热情，支了一方小桌在太湖水旁，送了花生米，我俩就在坐在西塘水边，有一搭没一搭地喝了起来。

酒很甘甜，肉很鲜，花生米也很香，西塘的夜色来了，灯亮了。

一瞬间，我觉得这里像极了我想象中的江南古镇。

摆渡船、芭蕉扇、粉墙黛瓦、青石板街，还有巷子里的美酒和夜色后万家红火的灯笼。

这些都曾写过，这些也全是想象，但当你发现眼前所见到的与你所想象的是一模一样的时候，就会滋生出一种幸福，像我喜欢你而你刚巧也喜欢我那般幸福。

我在这边幸福着，我哥忽然在那边吟起了诗："春来江水绿如蓝，能不忆江南？"

我说："这是夏天。"

我哥改了改说："夏来江水绿如蓝，能不忆江南？"

我说："西塘是太湖的湖水。"

我哥再改："夏来湖水绿如蓝，能不忆江南？"

"……"

"秋天的河水可以是'秋来河水绿如蓝，能不忆江南'，冬天的溪水可以是'冬来溪水绿如蓝，能不忆江南'。"我哥说完还得意扬扬。

"……"

救命，白居易的棺材板按不住了！

初二的时候，我们背戴望舒的《雨巷》，我跟我哥说那个撑着伞，结着愁怨，像丁香一样的姑娘让我觉得惊艳。

我哥后来问我为什么觉得她惊艳。

我记得当时我的回答是："因为她出现在了雨天的巷里。"

第二天酒醒，西塘下雨了。

客栈老板告诉我们："你们有福，这才是真正的烟雨长廊。"

人在长廊下，雨在长廊上，水从两边屋檐落，不用撑伞，也没有愁怨，但西塘却让我有了同样的惊艳。

于是忽然想给自己写信，和我哥进了猫的天空之城。

我哥在窗边看着朦胧的烟雨，点了一杯摩卡，不再高冷，也不再腹黑，这一刻安静得有几分美男子面相。

他说："忽然就不想当海贼王了……"

我笑了笑，在信上写：愿我们能一直平凡，愿一切都很平安。

信是漫游，日期是一年后的今天，但我没有收到，因为收信的那天我在北京。

西塘是我俩最后的一个目的地，三年暑假，没出国，没远途，去的都是小地方，看到的也都是平常风景。本来还有毕业旅行，但带着梦想的我还没毕业就奔向了北京。

那天我哥还说："忽然就不想当海贼王了，但总归得有梦想吧，所以你有梦想就去吧。"

在回程的火车上，我哥翻看着手机里的照片，感慨颇深地说："我，忽然找到咱俩一起旅行的意义了。"

我说："哦？不是'上车睡觉，下车尿尿，景点拍照，回家一问，啥都不知道'了？"

我哥说："不是，我又有了新的发现。"

真所谓宅男也有顿悟，我拭目以待地说："说来听听。"

我哥一本正经地说："咱俩一起出去旅行的意义，就是带你看看朕的天下。"

我："……"

做你的宅男去吧！

新的一年，你的身边还是我

逢年过节，家里都会准备很多年货，比如瓜果糖枣、糕点米面、鸡鸭鱼肉、饮品蔬菜等。母亲大人会在年前亲自采购，然后烹饪加工，将瓜果摆盘，米糕蒸粉，炊金馔玉，储备密封。

用母亲大人的话来讲，这些用来在年初招待客人的年货，叫储备粮。

在各式各样的储备粮里，我们最喜欢吃的是里脊肉。

这道菜的工序相当烦琐，先把肉用十几种调料腌渍入味，过油炸至金黄，然后摆放于通风处风干，一到两天后装瓶，食用时配上蘸料，香脆不腻，嚼劲十足。

但一般除了客人来，母亲大人不会拿出来摆盘。

有一年，我和我哥特别馋母亲大人的里脊肉，所以商量着在晾晒风干尚未装瓶时去偷吃一点。

当天，终于熬到晚上十二点，父母应该都睡着了，我俩蹑手蹑脚地来到厨房，小心翼翼地打开通风窗，一手拿着一块肉开吃。

我俩正吃得津津有味，厨房门开了，父亲大人端着水杯来厨房接水，问我俩："干什么呢？"

我俩赶紧咽下嘴里的肉说："饿了，来厨房找点吃的……"

"你们这两个熊孩子！"

就在我俩以为父亲大人要批评我俩的时候，他又说："给我也拿点吃。"

我迅速心领神会，选了一块最大的递给父亲大人。

就这样，我们仨黑灯瞎火地蹲在厨房里吃到心满意足，才蹑手蹑脚地各自回房睡觉。

第二天，母亲大人质问："这肉还没风干完，怎么少了这么多？你们谁偷吃了？"

我和我哥正面面相觑，父亲大人说："肯定是他俩偷吃的！昨晚看他俩偷偷摸摸地去厨房，没想到是偷吃肉去了。"

难道亲爹都是这么出卖儿子的？

在我们家，大年三十前的最后一件事，是全家老少凑在一起包饺子。

因此我和我哥在小学的时候就学会了包饺子，能和家人一起干活是一件非常开心的事情。

关于饺子馅，一般是母亲大人负责调配，因为母亲大人对吃很有讲究，所以经常会弄一些新鲜的花样。

有一年母亲大人调配的是莲藕馅，把藕搅成藕泥，混入肉中，加入酱油、香油、鸡精调味，最后加盐搅拌均匀。

虽然感觉不错，但是搅拌完看起来呈暗灰色，卖相很差。

当时我们都没看到搅拌的过程，只知道母亲大人调配出了黑灰黑灰的一坨。

我哥："厉害了我的妈，请问这是什么馅？"

我妈："你们猜猜看。"

我爸："茄子？但看起来也不像。"

我："是藕吧！"

母亲大人还没说话，我哥先说："我知道我是欧巴，而且我还是长腿欧巴，但欧巴我不知道这是什么馅。"

我："……"

我妈："确实是藕馅的，但不是欧巴馅……"

我哥："……"

从来不看韩剧的老爸问："欧巴是什么馅？"

我、我哥和我妈："……"

场面一度陷入尴尬之中。

年三十晚上，我们全家人会聚在一起，做一桌丰盛的晚饭，喝一点小酒，聊一聊一年的琐事，惬意地过一个不操劳的晚上。

十八岁那年年三十晚上，父亲大人说："你们过了今天就成人了，喝点酒吧！"

事实证明，父亲大人不愧是亲爸，第一次让我们喝酒，就给我们一人倒了一盅 62 度的闷倒驴。

我拿起酒盅舔了舔，马上义正词严地表示拒绝喝酒，慷慨激昂地表达自己想做一个五好少年的决心。

谁知我哥痛快，说："敬爷爷奶奶，爸爸妈妈。"然后拿起酒盅一饮而尽，接着在那儿一言不发，红着脸缓冲了好久。

过了一会儿他跟我说："要不你也喝了吧？"

"我不喝！"

"这酒不错，很好喝。"

"才不上你当……"

"敬咱们爸妈和爷爷奶奶！"

"好吧，那我以水代酒，敬爷爷奶奶岁岁平安、洪福齐天。"说完我拿起水杯。

"等等。"我哥拦住我，给我重新倒了一杯热水说，"60 度的水和 60 度的酒代表的诚意是一样的，喝这个！"

我："……"

母亲大人对做家务有着吹毛求疵的要求，尤其是逢年过节，玻璃要擦得看不出有玻璃，地板要拖得可以当镜子用才算合格。

所以每年过年，众多的家务活都是我和我哥的噩梦。母亲大人在一旁边催着我们干活，边给我们打鸡血说："好好干活，养成好习惯，把家里打扫得干干净净，收拾得整整齐齐，走到哪里你们都会觉得顺心，看着也清爽。"

我和我哥只能小声嘀咕："完全没有这种感觉……"

收拾归纳东西，母亲大人也有一个秘诀：扔。

破的、旧的、过期的东西——扔！

不知道干什么用的东西——扔！

一时半会儿用不到的东西——扔！

不是自己的东西——扔！

总之就是扔扔扔……

"哎哎哎，妈，这本吉他谱子你别扔啊，我还有用……"我经常从我妈扔的一堆垃圾里捡起来自己的东西。

扔得差不多了，母亲大人又吩咐我俩先去倒垃圾再回来继续干活。

我俩放下手中的抹布抬着垃圾下楼，一边走我一边抱怨："哎，每年过节都整这么一出，简直累成狗了。"

正说着，拐弯处来了一个大胸妹子，胸口抱着一只泰迪，精气神十足。

我哥沉默了一下说："唉，还不如狗……"

大年初一就开始收压岁钱了，家乡的习俗是孩子在收到压岁钱之后要对长辈鞠躬致敬，表示回礼。

在我们家里，无论是爸爸妈妈、爷爷奶奶，还是外公外婆、舅舅舅妈，我和我哥都可以主动去讨要压岁钱。

讨要压岁钱的时候，长辈每给我们一张压岁钱，我们就要鞠一个躬，一般都是给三百元人民币，也就是鞠三个躬。

对于这习俗，我和我哥一直乐此不疲。

直到有一年，我俩按照惯例去找舅舅讨要压岁钱，舅舅意味深长地说："今年的压岁钱，可不是那么容易就能拿到的！"

我俩不以为意，依旧说："给舅舅鞠躬，新年快乐，红包拿来。"

舅舅继续意味深长地说："嗯！都是好外甥！"然后他从口袋里掏出一沓十块钱的人民币，"跟往年一样，鞠一个躬一张，一共六百，来吧！"

我和我哥："……"

后来我和我哥对舅舅的压岁钱有了心理阴影，不料爸妈也学会了舅舅的方式，从此我们每年过年都要鞠好多好多躬，然后收到一沓一沓厚厚的压岁钱……

很小的时候，我每次收完压岁钱都要喊上我哥出去玩，虽然不知道拿着压岁钱出去买什么，但是总觉得自己有一种"宝宝身怀巨额资产，可以买下整个天下"的霸气。

有一次出去，我正带着这种霸气撒欢奔跑，没注意脚下的积水和积冰，一个跟头摔到了雪水里，浑身上下湿了一半。

我哥赶紧扶我起来，问我："没事吧？"

"没事。"那时我还沉浸在拥有压岁钱的喜悦之中，既不心疼自己，也不心疼新衣服。

我掏出压岁钱看了看，想到钱是纸做的，遇到水会泡坏，于是我跟我哥说："不能让钱湿了，我的压岁钱你帮我拿着。"

"好。"我哥痛快地答应，然后把钱装进他的口袋。

"一会儿等我衣服干了你再还给我。"我想了想补充了一句。

"为什么还给你？"我哥理所当然地问我。

"因为这是我的压岁钱。"我赶紧解释。

"可你给我了。"

"我只是想让你帮我拿着。"我继续解释。

"但钱在我手上。"

"我没有说给你！"我继续跟他说。

"可我不想给你了。"

"……"

这是我人生中第一次站在寒风中凌乱了。

到北京工作的第一年，我几乎全身心地投入到工作中，直到过年放年假我才准备回家一趟。

回家前的前一天，我发微信给我哥："今年公司提前放年假，我明天到家，准备好新年礼物迎接我了吗？"

我哥回复："没有。"

我说："你这样子，咱们两个的兄弟情义可就淡了。"

我哥过了一会儿说："不过我前几天看到一件衬衣，很是修身，也很 Fashion，要不买给你吧？"

"可以啊。"

然后我哥反问我："话说，你准备新年礼物给我了？"

我回答："那是必须的。"

"什么东西？"

"卖个关子，回去告诉你。"

第二天回家，我拿出一个空的矿泉水瓶给我哥，说："喏，这是你的新年礼物。"

我哥接过塑料瓶后怎么看都是空的，边准备打开边问："这是什么？"

我以迅雷不及掩耳之势拦住他说："别打开，这里面是北京今早上新鲜的雾霾，满满的一瓶，是我冒着生命危险给你准备的新年礼物。"

我哥："……"

年三十晚上守岁，我和我哥不想看春晚，就在窗户边上等着看十二点那一刻外面的烟花。

无聊打发时间，我就跟我哥闲唠嗑，问我哥："现在烟花爆竹管控得越来越严，咱俩还在这儿等烟花，对于这件事你怎么看？"

我哥看了我一眼："我就趴在窗户上看啊，不然还能怎么看？"

"……"气氛有点尴尬，我决定换个话题，说，"哥，要不还是许个愿望吧？"

我哥说："又不是过生日，许什么愿望？"

我说："你怎么这么固执，都说新年新气象，为我们的新气象之年许愿。"

我哥深思，抬头间看到了我带回家的新年礼物，许愿说："我希望北京明年没有雾霾！"

我一笑说："那希望你明年的新年礼物是满满的一瓶北京新鲜的空气。"

我哥白了我一眼，问："你的愿望呢？"

"我的愿望啊，"我说，"我要是许世界和平未免太大，许功成名就有点太空，所以我就许愿家人健康，平平安安吧。"

我哥点头说："嗯，挺好的愿望。"

趴在窗台边。

等到十二点的钟响了，窗外的烟花盛开了，新的一年，来了。

你的身边，还是我。

因为有你们，所以有世界

　　有一天，我哥感慨颇深地跟我说："你有没有发现，现在全世界都在秀恩爱，不管是电影还是电视剧，恩爱从头秀到尾，就连动画片也能分分钟对单身狗造成几十万点的伤害！"

　　我感觉莫名其妙，敲着键盘写着我的策划案，随口问他："那又如何？你这是扛不住伤害，准备去谈婚论嫁？"

　　"那倒不是。"他忽然把一本书往我桌上一放，"你看，现在'狗粮大全指南'也有了，你说你整天也写不少东西，怎么不写点秀秀恩爱虐虐狗的事？"

　　我一脸蒙地看着他："拜托！秀恩爱至少要两个人才能秀！你说我连单身狗大队都没有摆脱，去哪儿找个姑娘秀恩爱给别人看？难不成你要我秀你啊？"

　　"别！秀我就成了秀基友了。而且还是兄弟基，不利于繁衍后代。"

"……"

本来这事就这么算了，但我后来某天我忽然又想起这事，感觉可行，顺手就给哥发微信："我忽然想起那天你提的那个写秀恩爱的事，我觉得写写咱俩也可行。"

"你要干吗？！"没想到我哥给我秒回，还带了一个特猥琐的表情。

"我靠！这个表情什么鬼！我又没说一定要写秀恩爱，就是忽然想写写咱俩从小到大的事而已！"

"然后呢？"

"我在琢磨给咱俩起个什么名字，问问你意见。"

"这简单，我叫大哥，你叫小弟。"

"说正事，认真点好不！"

沉默了三分钟，他给我回复："夏博容，夏博文。"

我能想象到他在这三分钟里的思考表情以及纠结状态，但我还是被他起的这两个名字雷了个里焦外嫩："我不是要写言情小说！咱能不能接点地气？就是想给咱俩找个代号而已……"

"有诗词云：故太尉桥公，懿德高轨，泛爱博容。"

"那也不行。"

"……"

又过了三分钟。

我哥：“嘉言、善行。”

我：“你这又有什么解释？”

我哥：“‘见人嘉言善行，则敬慕而记录之’，语出《尚书·大禹谟》……”

我：“不行！”

我哥：“这两个名字很有讲究的，意义非凡。”

我：“非凡到冲破云霄也不行！”

我哥：“……”

我：“要不你一次性多想几个，我从里面选。”

我哥：“哦。”

这次连三分钟都没有，我打开消息一看：

圣袍甘道夫、猎鹰爱丽丝；

皇浦江、南宫院；

不要戾、杠正面；

诸葛是谁、欧阳是我；

一石先生、二鸟教师；

北冥有条鱼、其名为大鲲；

中式炸面包、美式豆花饭；

我哥有只猫、我弟有支笔；

无聊的尾巴、风趣的爪子。

我暴走回复他："你这是起 QQ 昵称吗？"

"我只是一次性多想了几个而已。"

"算了，忽然觉得问你就是个错误的决定，我还是自己想好了，不过你这样，我很为我未来的侄子侄女担心。"

"他们将来都是顾·爱新觉罗氏，你不用担心。"

"……"

我忍不了了，给他回复："我也算是个有追求的人，本以为我的生活会充满诗和远方，却发现全是你这个逗比。"

但我哥秒杀地回复我说："我虽然没什么追求，但是沦落成逗比的原因嘛，完全是你这个智障。"

"……"

好吧，我还是不起名了，从正儿八经谈未来，到敞开胸膛互相伤害，也不过是分分钟的事。

后来我终于把《你的世界总有一个我》的书稿写完了，交稿之后，我约了我哥到北京来为即将下厂的新书签名。

我哥答应，但提出要求让我好吃好喝地招待他。

于是第二天中午我就带我哥去吃了北京烤鸭。

去的路上有点堵，我和我哥到饭店的时候都已经是饥肠辘辘，所以在等烤鸭上之前，我们先要了一份蛋炒饭，准备稍微吃点先解一下饥火烧肠。

我吃得有点着急，粘了几粒米在嘴角。

我哥看见了说："米饭都粘在嘴角上了，你这是吃饭嘴巴漏米吗？"

我拂去了嘴角的米粒，反驳他说："一孔之见，我这留在嘴角的米粒，是为了储备晚上的伙食。"

谁料我哥不再说话，伸过手来捏着我下巴、摇着我左右查看。

我啪地拍掉他的手，问："你干什么？"

我哥说："我看看你还有没有私藏晚饭。"

我："……"

"顾知行"这三个字我哥写了20多年，可让他给书签名的时候，他反倒捉襟见肘起来。

因此他周末起了个大早，趴桌上像模像样地开始练习写他的名字。

没一会儿，他问我："弟弟，这个'顾'字怎么写好看？"

我还在他旁边睡懒觉，被吵醒了，应付了他一下说："这样就挺好看……"

又过了一会儿，我哥说："这个'知'字，我觉得我写得不好看。"

我闭着眼在旁边写了一个"知"字，说："喏，照着这个写！"

"还有这个'行'字，我感觉写得不潇洒……"

我睡不着了，有点暴走，说："哎呦，我的亲哥啊！名字写了这么多年，你还不会写吗？"

我哥有理有据："以前随便写写，现在要我一本正经地签名，有点施展不开。"

"……"

见我不理他，我哥又说："要不你好好写一个我的名字，我照着你写的模仿一下。"

"顾知行"。

我认真写了一个他的名字，然后继续睡觉。他开始照着模仿，在一个笔记本上一笔一画写得满满当当。

等我睡醒，我哥给我看他的签名。

与我写的那三个字相比，用"一模一样"这个词形容也不为过。

我在书里多次提到过我的哥们儿大哈，在书出之前，刚巧他来北京出差，所以跟他约了一次见面。

我俩从认识到现在差不多八年，说起来也算是莫逆之交。

虽然许久未见，但一切照旧：一个小饭馆，几道吃不腻的菜，四五瓶啤酒，侃侃而谈。

酒喝到一半，我跟他说："我要出书了。"

他一笑，说："意料之中，那些年你喝醉了，雄心壮志地吵着说要写出个世界来的事也不是一次两次了。"

都是当年的囧事，我只好翻他白眼不说话。

他又说："不过也挺好的，至少证明那些年你的牛皮没白吹。"

"……"我也不知道他这是夸我还是损我，于是我转移重点说，"我在书中写到你了。"

大哈这时正用筷子夹起一根小油菜准备往嘴里送，听我这么一说，他也不吃了，问我："真的假的？"

我说："真的，没骗你，关于你的事我写了不少。"

他说："来来来，跟我讲讲你是怎么描述我的。"

我说："真人真事，实话实说呗，还要怎么描述你？"

"那可不行，你没有给我加点戏？"他手里依旧夹着那根小油菜，手舞足蹈，"尤其是在形象上，你可得把我描述的高大一点，什么英俊潇洒、才貌双全、玉树临风之类的词，全给我用上，最好把我写得前无古人后无来者！"

这一瞬间，我看到了他用筷子指点江山的气魄，看到了那根油菜在他带动下肆意飞舞的婀娜，甚至，我仿佛能看到那到处乱飞的菜汤要在阳光下开出花来……

最后，我实在忍不了，打断他说："你脸皮厚可以，但你能不能别再甩菜汤了，赶紧把那根油菜吃了！"

他用餐巾纸擦了擦桌子上的菜汤，场面一度很尴尬。

最后，打破局面的还是他，他问我："那个……你书名叫什么？"

"《你的世界总有一个我》。"

"不错呀，很符合你当年吹的牛皮，写出了一个世界！"

唉，又绕回来了……

我的微博账号注册特别早，胡萝卜姑娘早在认识我的第一天就关注了我，后来我开始写"我和双胞胎哥哥的日常"之后，她微信来找我了。

胡萝卜："合一师哥，你堂堂一介文艺青年，怎么变成段子手了？"

我回复："自己在北京待久了，难免有点想家、想我哥。"

胡萝卜自然是唯恐天下不乱，说："就知道你和你哥有奸情！"

"……"

胡萝卜又说："师哥，你在故事里提到的那个胡萝卜，是不是写的我？"

"不然呢？当年夸我帅得一言难尽的可只有你一个！"

"嘿嘿。"胡萝卜一笑带过，继续问，"看微博，师哥你已经写了这么多了，是不是要准备出书？"

我那时候一切还都不确定，只好回复她："希望可以，我尽力而为。"

"呐，师哥你如果真出书了，我也算是给你提供了灵感，你要不要给我送点礼物？"

胡萝卜的脾气我早就习惯了，她从来没跟我客气过，我问："你想要什么？"

"稍等，我发给你。"

一瞬间我觉得像中了什么圈套，还没等我思考，清单来了："SK-Ⅱ的小灯泡、LA MER 的精华面霜、TF 的口红、GIVENCHY

的散粉、LANCOME 的粉底液、La Prairie 的眼霜、CPB 的隔离……对了，MK 的运动手环也可以送我一个。"

"……"

这都是些什么？我怎么看不懂？我有这么直男吗？我要不要给她买？肯定是坑我的！我还是假装不在吧，等回头再把她拉黑！

至于书里我提到的另外一个人——蘑菇姑娘。

她在我的世界观里一直是"学霸"的代言人，现在正在意大利读研究生。

上次联系她，是她刚参加完意大利语言证书考试，回复了我一封邮件。

邮件里她说：

你写的关于我的那些光荣历史，我都看了。

真没想到，你还是选择了用"蘑菇"这个我觉得史上最难听的外号代替了我的名字。

我猜你现在应该依旧有机会改掉这个称谓。当然，如果等我回国后，我收到的书里还是在用"蘑菇"这个外号代替我，那么，你那些年被我掌握在手的黑历史将会被我一一公布于众。

另外，我觉得我和你写的萝卜姑娘挺兴趣相投的，有时间介绍认识一下。

祝有梦为马，少年加油。

我给她回复：

给你代号为蘑菇，给另一个姑娘代号为胡萝卜，是因为我在做一个幸福的人。

有海子诗曰："从明天起，做一个幸福的人。喂马，劈柴，周游世界。从明天起，关心粮食和蔬菜。我有一所房子，面朝大海，春暖花开。"

在我看来，关心粮食和蔬菜，便是最朴素的幸福，而我要写的，也是最朴素的幸福。

所以，谢谢你的参与，祝一切平安。

哥哥弟弟 VS 后援会

　　"全世界都在秀恩爱，但我偏偏要秀我哥"，这是我最初开始写"我和双胞胎哥哥日常"时的宗旨。

　　但当我作为一股泥石流冲进秀恩爱界之后，我才发现我哥没有微博账号……

　　于是在广大粉丝的号召下，我开始怂恿我哥注册一个微博账号。

　　我说："哥，你抽空去注册一个微博账号吧。"

　　我哥："注册微博账号做什么，凭什么你让我注册我就注册？"

　　我无语地解释："是你当初建议让我写和你之间的故事的，现在我开始写了，你好歹支持一下，而且大家也比较期待你的出现。"

　　"原来如此。"我哥若有所思，然后反问我，"但你让我注册，难道不怕吗？"

　　我疑问："怕？我怕什么？"

我哥："怕我抢了你的人气呀。"

"……"

我不禁感叹我哥这与生俱来的臭不要脸又更上一层楼了。

我哥是那种"嘴上说着不要，但身体还是很诚实的人"。

所以他这边还在和我贫嘴说什么"你让我注册我偏不注册"，他那边早已经把微博账号注册好了。

自他注册完成那一刻，我哥便扎入微博一发不可收拾，无时无刻不在用实际行动响应着他那句反问："你让我注册，难道不怕吗？"

以至于在后来，我们的后援会在微博上组织了一次针对我们的问答，我哥都是这么答的。

后援会问我哥："哥哥，对于你弟弟发微博总有错别字这件事，你怎么看？"

我哥回答："让我想起来了香飘飘奶茶。"

后援会疑问："什么意思？"

我问："难道是把我捧在手心？"

我哥："那是优乐美奶茶，你是错别字连起来可绕地球两圈。"

我："……"

后援会问："哥哥，如果弟弟和你的女朋友同时掉进水里，你会先救谁？"

我哥："当然是合一。"

后援会："哇，这才是真爱呀，真羡慕你们。"

我听了之后沾沾自喜，问了一句："为什么？"

我哥："因为我现在还没有女朋友。"

后援会："……"

怪我多嘴。

后援会："弟弟的字是不是比哥哥写得好看？"

我抢答："这是必然的！"

我哥："这点我不否认，但你知道为什么吗？"

后援会："为什么？"

我哥："因为他人长得丑。"

后援会："原来如此！"

我："……"

后援会："哥哥说你丑，弟弟你不反驳吗？"

我还在思考怎么反驳，我哥又说："虽然合一丑，但他哥哥帅啊。"

后援会："下一个问题……"

后援会："请问哥哥处处都在维护弟弟的原因是什么？"

我哥："关爱低智青年，共建和谐社会。"

我："……"

后援会："哥哥你回答得好高冷啊，活泼一点才可爱。"

我哥："嗯，我是活的，泼的事要分情况。"

后援会："……"

后援会："哥哥，大家都知道你很高冷，你有什么秘诀吗？"

我哥："我也是大家中的一分子，我怎么不知道？"

后援会："我还是问弟弟吧……"

后援会："弟弟，你真的经常失眠吗？"

我回答："是啊，半夜经常睡不着。"

后援会担心地问："那你有什么办法吗？"

我哥："每个月总有那么几天，他都习惯了。"

我："……"

后援会："弟弟，你说你是一个文艺青年，为什么开始写段子坑哥了？"

我："一直想吐槽，忍他很久了。"

我哥补刀："但是正面吐槽不过我，所以只好到微博写段子，背后反击我。"

我反驳："以小人之心度君子之腹！"

后援会不理我，忽然大悟道："原来如此。"

我："……"

后援会："弟弟作为一个文青，平时都看什么书？"

我回答："其实我看的书挺多的，也挺杂的，像什么古典名著、外国文学、散文诗歌，包括网络上的玄幻、武侠、网游，穿越文等我都看。"

后援会："抓重点，弟弟居然还看穿越文，没想到你还有一颗少女心，可以透露一下是哪一本吗？"

我哥不屑地插了一句："肯定是《桃花源记》，都多少年的老梗了。"

我和后援会："……"

后援会："弟弟，在你说的这么多书里，让你觉得价值最大、对你影响最深的是哪本书？"

我："其实对我而言，无论是阅读哪本书，什么种类的书，都对我有帮助，就像我可以从小说里学到讲述故事的方式，从工具书里学到社会或者生活上的经验一样，每本书都有阅读的价值。至于我，现在选择写一本我和哥哥一起成长的书，其实是想给大家传递一种温情，一种一直陪伴在你左右的亲情。"

后援会："此处应该有掌声，哥哥呢？"

我哥边思考边问："让我觉得价值最大，对我影响最深的一本书？”

后援会：“嗯，哥哥也分享一下吧。”

我哥：“《5年高考，3年模拟》，这本书对我的影响可谓是深远之极！”

“……”

后援会：“你们可以分享一下学习上的经验吗？”

我：“纵然是学数理化，也要学会多记笔记，举一反三很重要，切忌死记硬背、公式乱套。”

我哥：“历史问题不能问我弟，他随随便便就能重写《史记》。”

后援会：“哥哥的学习经验真是痛彻心扉的总结……”

我：“……”

后援会：“哥哥弟弟有没有共同合作完成一件事的经历？”

我想想了说：“小时候作业太多，我们两个分工合作一人写一半，然后互相抄算不算？”

后援会：“呃……勉强算吧，还有别的吗？比如那种一说出来就让人觉得特别厉害的经历。”

我哥：“一起来到了这个世界上，厉害吧？”

后援会：“厉害、厉害……”

后援会：“哥哥弟弟一起来到这个世界上，有没有一起过过情人节或光棍节？"

我哥："没有，但我们一直在享受第二杯半价的优惠。"

后援会："实力秀了一波，这问题咱们跳过……"

后援会："其实说起来还是很羡慕你们兄弟两个的关系的，可以说一说你们是如何在生活中维持这份关系的吗？"

我："其实我们的关系用'维持'这个词来讲很不准确，我们是互相看着彼此长大的，是彼此青春的印记，这是一种习惯，一种自然而然、与生俱来的亲情，不需要维持。"

后援会："说得真好，哥哥也这么认为吗？"

我哥："我表示稍微有点歧义。"

后援会："那哥哥是如何维持你们两个之间关系的？"

我哥："全靠忍。"

我："……"

后援会："弟弟的微信头像一直是自己的自拍照，如何才能拍出一张特别好看的自拍照？"

我得意洋洋地回答："长得帅。"

后援会："……"

我哥补刀："或者挡着脸。"

我："……"

PS：我微信头像是一张用单反相机挡着自己脸的自拍照。

后援会："感觉弟弟现在工作非常忙，但自己一个人在北京，会不会想家？"

我："说不想家那肯定是假的，每次家族群里传来全家老少一起聚会的视频，我都有马上回家和家人团聚的冲动。"

后援会："那哥哥呢？会想弟弟吗？"

我哥："会啊，经常想起他，尤其是夏天蚊子多的时候，他不在蚊子总烦的我睡不着觉。"

我："我好绝望……"

后援会："你们一起养了那么多宠物，有什么经验分享吗？"

我："亲近一下自然其实也挺好的。"

我哥："乌龟这种生物，如果养得好，我觉得它能送你走。"

全程我唯一一次反击我哥的回答。

后援会："哥哥为什么给饲养的小乌龟起名叫'小弟'？"

我哥："心血来潮，仅此而已。"

我："什么心血来潮，明明是'水浅王八多，遍地是大哥'。"

我哥："……"

后援会："弟弟总算是反击了一次哥哥，问最后一个问题：在这次回答中，弟弟全程一本正经，认真回答，而哥哥却全程用一句话结束问题，还处处让弟弟无语凝噎，对此弟弟有什么想法吗？"

我："谈不上想法，习以为常。"

我哥："什么习以为常，明明是想都不敢想。"

后援会："好吧，太心疼弟弟了，我们还是赶快结束话题吧……"

后记

你的世界总有一个我

老人都说："说话晚的孩子，聪明。"

我会说话的时候，就挺晚的，别家孩子张口说话喊的是"爸爸妈妈"，我张口说的第一句话喊的是：哥哥。

我开口叫我哥第一声的时候，他已经能自己去打酱油了。

老人听我说话了激动，对我哥说："快听，你弟弟叫你了。"

那时候我家还是大院，他蹲在院子里的石榴树下捅蚂蚁窝，头也不扭一下应付了一句："哦。"

我看我哥不理我，哇的一声就哭了。

后来家里人给我们两个讲这一段的时候，我和我哥都没什么印象，但我记得那时候我对我哥的仇恨蛮深的，约摸着就是这件事结下的梁子，隔三差五就为了点鸡毛蒜皮的事掐架，不管什么都要争一个高低大小。

他是哥哥，我不乐意，用尽浑身解数让他当我弟弟。

他会算十以内的加减法，我也不乐意，哭着喊着让我妈教我学九九乘法表。

他能熬到晚上八点不睡觉，我更不乐意，坚持熬到晚上九点再睡觉，以至于后来能熬到天亮。

……

我哥小时候也不是省油的灯，我要处处高他一头，他自然不会让我轻易得手。

我站凳子上，他就要站桌子上。

我也站桌子上，他巡视了一圈家里的所有家具，就准备往冰箱上爬。

我会背《悯农》，他就要再背一首《登鹳雀楼》。

我也会背《登鹳雀楼》了，他看了看别的诗他也不认识，干脆倒着背《悯农》。

……

这样的战斗我们交战了几百个回合，直到有一次真的打了起来。

具体为了什么事已经忘了，但还真不是什么大事。虽说是真的打起来了，但小孩打架也就那么点本事，不过是拳打脚踢再加上用牙咬。

老爸看见了，一手拎着一个，抱成一团的我们俩也就分开了。

　　再一扔，我们俩就被扔到老妈面前伏法去了。

　　老妈有唐僧附体的本事，大道理噼里啪啦讲了一堆，只记得一句："你们是兄弟俩！你们不能互相打架！你们要联起手来！一起打欺负你们的人！"

　　姑且不讨论老妈这个教育方式对不对，自那以后，我和我哥算是握手言和了。

　　再后来，我们还真联起手来把人家同学打了，打得同学他家长都找到我们家大门口。

　　这算是我们第一次将"理论"投入到"实践"，实现了所谓的"知行合一"，而这件事的最终结果是，我哥成了班上的孩子王……

　　纵然我哥成了孩子王，我们是双胞胎这件事在学校里还是鲜为人知的。

　　就算我们穿相同的衣服，不知情的同学也只认为我是我哥的小跟班……

　　为什么会这样呢？是因为我们的长相不一样，你要问我有多不一样，这么说吧，我们长相不一样到我们自己都怀疑过我们不是双胞胎。

　　到了高中，生物课本上有个名词叫"异卵双生"，它科学地解释了我们俩为什么长相不一。但让我们无语的是——生物老师们似乎是商量好了一样，讲这个知识点的时候纷纷拿我和我哥举例，让大家下课去看看顾知行和顾合一，可以更生动形象地理解什么是异卵双生。

至此，我们是双胞胎这事全校皆知，一直到高考结束还都会碰到校友问我们："你们就是那对异卵双生的双胞胎吧？"

"……"

录取通知书出来后，我哥一趟火车去了离家 1600 多公里的成都上大学，这是我们第一次分开。

车站送他，我说："去成都，你吃不了辣的。"

我哥说："那我也得去。"

我反问他："你吃辣上火怎么办？"

我哥回答："很快我就回来了。"

然后他就这样走了，带着好多行李，一步三回头地走了。

四年，我哥在这 1600 多公里的路上来来回回，一年两次离别，一年两次重逢，四次情绪交叉，每一次我都问他："你吃辣还上火吗？"

我在大学里无数次地说过我有一个双胞胎哥哥，很自豪的那种说过。认识我的朋友都知道我有一个双胞胎哥哥，不耐烦的那种知道。

庆幸我们生活在一个互联网蓬勃发展的时代，不用书信笔墨，省去了车马时间，一个 APP 的距离，有事时开一个视频呼叫，没事时发三两条消息骚扰。

语音聊天彻夜不眠，也被舍友撵出过寝室；来回快递邮寄不断，无非就是家里的烙煎饼换成都的红辣椒。

忽然有一天，我有了一个方向，或者说是梦想。

我欣喜地告诉我哥："哥，我想当一名文字匠，要写好多好多我想写的故事。"

那时候野心还小，也可以说是底气不足，没有勇气说自己以后要靠写作为生，就连奢望写一本书，也是开着玩笑随便一说。

朋友们听我夸夸其谈，最多说一句加油，只有我哥告诉我："那就去做，哪怕现在你只能在网上当一个水军。"

后来，我确实驻足了一个网络水军的大本营，看无聊的文本，写着无聊的文字，不胜其烦，甚至都有点怀疑自己，只能找我哥吐槽。

我哥说："坚持。"

我哥让我坚持，坚持等到了我的第一笔稿费。

我人生中的第一笔稿费是 97 块 7 毛钱。

打稿费那天编辑问我银行卡号，我说："可不可以给我现金，于我而言，这是我人生中的第一桶金。"

编辑同意。

去杂志社领稿费那天，她把钱给我，从五十元的整钱，到一角的零钱，97 块 7 毛钱全是崭新，她说："你写得很棒，加油。"

如获至宝，赶紧拍照分享给我哥，我哥说他有点热泪盈眶。

97 块 7 毛钱，被我装进了一个信封，至今封存，完好无损。

大学毕业那年。

我说："我还是想当一名文字匠，但我需要出去看看。"

我哥说："那我回家，不想吃辣了。"

我说："我应该会去北京。"

我哥说："去吧，北京的川菜不正宗，吃了不上火。"

毕业后来北京，面试，入职，一气呵成。

火车站前脚迎了我哥回家，后脚他送我北漂。

还是无数次地说起我有一个双胞胎哥哥，很自豪的那种说起；还是一个 APP 的距离，有事时开一个视频呼叫，没事时发三两条消息骚扰。

同事问我："你跟谁聊天呢？笑得都合不拢嘴了。"

我继续笑，回一句："我哥。"

"怪不得没有女朋友，原来天天光顾了跟你哥聊天。"另一个同事不紧不慢地接了一句。

白他们一眼，不再搭理，继续聊天。

聊什么？

你的世界总有一个我，而我的世界也总有一个你。